青春的荣耀·90后先锋作家二十佳作品精选

高长梅　尹利华◎主编

鱼鳞上的月光

的

高澍苇 著

九州出版社　全国百佳图书出版单位

JIUZHOUPRESS

图书在版编目（CIP）数据

鱼鳞上的月光 / 高澍苇著. -- 北京：九州出版社，2013.5
（2021.7 重印）

（青春的荣耀：90后先锋作家二十佳作品精选 / 高长梅，
尹利华主编）

ISBN 978-7-5108-2151-6

Ⅰ.①鱼…　Ⅱ.①高…　Ⅲ.①中国文学 – 当代文学 –
作品综合集　Ⅳ.①I217.2

中国版本图书馆CIP数据核字（2013）第113816号

鱼鳞上的月光

作　　者　高澍苇　著
出版发行　九州出版社
地　　址　北京市西城区阜外大街甲35号（100037）
发行电话　（010）68992190/2/3/5/6
网　　址　www.jiuzhoupress.com
电子信箱　jiuzhou@jiuzhoupress.com
印　　刷　北京一鑫印务有限责任公司
开　　本　720毫米×1000毫米　16开
印　　张　10
字　　数　130千字
版　　次　2013年6月第1版
印　　次　2021年7月第5次印刷
书　　号　ISBN 978-7-5108-2151-6
定　　价　38.00元

小荷已露尖尖角（代序）

高长梅

长江后浪推前浪，是自然规律，也是文学发展的期待。

80 后作家曾风光无限——韩寒、郭敬明、张悦然等大批 80 后作家已成为中国当代文学的生力军，他们全新的写作方式、独特的语言叙述，受到了青少年读者的追捧。

几年前，随着 90 后一代的成长，他们在文学上的探索也逐渐进入人们的视野。

2006 年，《新课程报·语文导刊》（校园作家版）创办时，我在学校调研，中学生纷纷表示，希望报社多关注 90 后作者，多培养 90 后作家。那年年底，我在南昌参加中国小说学会小小说年度排行榜评选时，与学会领导和专家聊起 90 后作者的事，副会长兼秘书长汤吉夫教授对我说：看现在的小说创作，80 后势头很猛，起点也高，正成为我国小说创作的生力军，越来越受到文学评论界的重视。你有阵地，就要多给现在的 90 后机会，文学的天下必定是属于新一代的。副会长、著名散文家、文学评论家雷达博导，副会长、著名文学评论家李星编审都高兴地表示，今后会逐渐关注这些 90 后的孩子，还表示可以为他们写评论。2007 年年底，中国小说学会在报社召开中国小小说年度排行榜评选会议，几位领导还专门询问 90 后作者的创作情况。

2009 年，著名作家、茅盾文学奖获得者、解放军总后勤部创作室主任周大新到报社指导，听到我们介绍报社非常重视 90 后作者的培养，而 90 后作者也正展现他们的文学天分，报社准备出版一套 90 后作者的作品选时，周主任静下心来仔细翻阅那套书的部分选文，一边看一边赞不绝口，并表示有什么需要他做的他一定尽力。周主任的赞赏让我们备受鼓舞，专门在报上开设了《90 先锋》栏目。这个栏目一推出，就受到 90 后作者、读者的欢迎。

2010 年，著名报告文学作家、学者，中国图书奖、五个一工程奖、鲁迅文学奖获得者王宏甲到报社指导，见到报社出版的《青春的记忆·90 后校园文学精选》及报上的《90 先锋》专栏文章，大为赞赏，并称他们将前程无量。之后不久,我们决定出版《青春的华章·90后校园作家作品精选》。这套书收入18个活跃的90后作者的个人专集,也是90后第一次盛大亮相。曹文轩、雷达等为高璨作序,著名文学评论家李少君、张立群为原筱菲作序,著名评论家胡平为王立衡作序。此外,还有一大批中国作家协会会员如刘建超、蔡楠、宗利华、唐朝晖、陈力娇、陈永林、邢庆杰、袁炳发、唐哲(亦农)、孟翔勇、倪树根、李迎兵、杨克等都热情地为90后作者作序推荐。他们在序中都高度评价了这些90后作者的创作热情、创作成绩。当然也客观地指出了一些值得注意的问题。

90后作者的成长也引起了文学界的重视,他们当中不少人都加入了省级作家协会,尤其是天津的张牧笛还于2010年加入了中国作家协会。他们以自己的灵气、勤奋,正逐渐走向中国文学的前台。

张牧笛、张悉妮、原筱菲、高璨、苏笑嫣、王立衡、李军洋、孟祥宁、厉嘉威、李唐、楼屹、张元、林卓宇、韩雨、辛晓阳、潘云贵、王黎冰、李泽凯等无疑是这一代的代表。这其中我特别欣赏原筱菲。她不仅诗歌、散文等写得棒,美术作品别有特色,摄影作品清新可人。在报刊发表文学作品、美术作品、摄影作品2700多篇(首、件)。还有苏笑嫣。不仅诗歌写得好,小说也受评论家的好评。尤为可贵的是,她完全依靠自己的能力行走文学,却不去借助自己父母的关系走丁点捷径。还有张元。一个西北小子,完全凭自己对文学的执着,硬是趟出自己未来的文学之路。还有韩雨。学科公主,加上文学特长,使得她如鱼得水。

著名文学评论家白烨曾发表文章将40岁以下的青年作家群体细分为"70年代人"、"80后"和"90后"。他评价,90后尚处于文学爱好者的习作阶段。从创作来看,青年作家普遍对重大历史事件有所忽视,对重要的社会问题明显疏离,这使他们的作品在具有生活底气的同时,缺少精神上的大气。不过,在他看来,这些年刚刚崭露头角的90后有着不输于80后的巨大潜力。(转引自《南国都市报》2012年9月18日)

但不管怎样,成长是他们的方向,成长是他们的必然结果。

这次选编这套书,就意在为90后作家的茁壮成长播撒阳光,集中展示90后作家的创作实力。我们相信,只要90后的小作家们能沉下心来,不断丰富自己的阅读以及丰富自己的社会积累,努力提升自己写作的内涵,未来的文学世界必然会有他们矫健的身影和丰硕的成果。

我们期待着,读者也期待着!

目录
CONTENTS

1

目录

第三辑

人间草木

大野生香

平原入夏

　　坦荡无垠的平原磕绊过茫白的冬,氤氲出扑向远方的鹅黄嫩绿。这睡了一冬的土地,就着短短的春日里打个盹儿,伸个懒腰,待睡意全消,睁眼便是夏季了。

　　走在野坡上,再也不见冬闲时候野地里的莽苍,眼前一片新绿,飘在半空的水汽在流动,远处的绿就柔和起来,看着那么顺眼。记忆里西沟光秃秃的河岸,现在也野满了绿,像绵延数里的小丘。想必这时候枯涸的河床里也来了水,随即被两岸映成一川绿。那绿是麦田,那绿是野草,那绿是棒小伙儿身上穿的绿格子衬衣。麦田里已经有勤快的老农在看秧苗了,掐算着日子,盘算何时浇水,何时除草。也有邻居的婶子大妈硬是在家闲不住,来麦田遛遛弯儿,捋几把蒿草,念叨几句邻家麦子的长势。麦子已有两拃多高了,长了一身的绿。这是去年秋后,农人拉了耩(jiǎng)子在新翻的土地上撒下的陈旧种子。现如今,一棵棵紧挨成簇,簇又挤成畦,方方块块铺向远处。麦野上方笼了一层蒙蒙淡淡的轻雾,我想,那里面一定纠缠着麦花的香,要不鼻孔里怎漾着这样沁人心脾的清芬呢?

天穹瓦蓝,大地野绿。小牛犊在天底下欢欢实实地尥个蹶子,给蓝瓦瓦的晴空亮一个美丽的蹄花。撒个欢儿,哼哧几个响鼻,踢蹬野跑。

菜园子里,毛色如烟的毛驴蒙着眼正绕着井栏无休止地转着,水车发出吱吱扭扭的声响,井水就顺着挖好的垄沟淌着,井水清冽、拔凉、苦咸,涓涓汩汩灌进菜园。草屋一匝,水车一架,毛驴一头。一位老汉眯缝着眼,叼着旱烟,倚靠在草屋墙根处。有人来取水,就与来人串上几句闲话。没人来,就枯坐在那里,待到日落,好给毛驴谢了行头,松脱了缰绳,任驴子在地头的空地上尽情打几个滚儿,卸卸一天的劳累,而后披着一身晚霞回村。

新修的公路在两排深翠的杨树掩映中蜿蜒着,杨树的叶儿也都舒展得差不多了,树干褪去了一身赭褐,浸出了浅浅的绿。每一片杨树叶儿都是一把小蒲扇,在风里扑扇着,家里大人就从衣橱后面摸出蒲扇来,为炎热准备着。这不像夏天,总觉着这入夏的平原上还少了点声响。杨树上还没有知了的叫声,土地松润了,刮过来的风仿佛也能入地似的,脸贴近大地,就能感受风的味道。知了还在土里做梦吧,想来定是个极美的梦。

走一遭回来,到村头杨树林那边有个池塘。入夏后,池水渐渐暖起来,这时候就有了端着盆子来池边浣衣的妇女了。荷叶的小角刚好露出池面,许是近几天天气阴晴不定,没见有蜻蜓落在上面。池塘岸上的土色也新了,浅浅地铺了一层青苔,河岸也就不乏味了。就连草丛里的一粒石子、一块瓦片也仿佛有了生命似的,这些一入眼,心里就憋足了一股子使不完的劲儿,紧咬着牙在阳光下挥舞两下攥紧的拳头,释放一下充斥在心里的劲儿。

就连人家烟囱里扑打出的烟也变得耐看了。绵绵袅袅,许是眼睛里沾染了平原的绿,看什么都带了绿的轻松与欢欣。于是,就满眼新奇,满

心欢喜。望着这炊烟，舌根就汪出一坨口水，想着那家人家正做了可口的饭菜。肚子不知不觉就咕咕直叫了。

在胡同口堆了一年的棉柴垛被人撅着腚抽得只剩了薄浅的一层，村里人慢慢地抽走了柴火，日子也就被缓缓抽走了。柴垛跟处簇出几丛绿，那都是些喊不上名儿来的野草，叶子极像吊兰，只是叶上生了茸茸毛毛的小刺，只许远观却不可亵玩。

刚刚入夏的平原上仍悄无声息，只是一片寂寞的绿在静寂中铺展着，悄悄溜上了柳梢，透染了杨叶，漫漶（huàn）了原野……几只晃荡在巷子里的鸭子想必仍旧不知道池水已暖，三两只野雀儿在树杈上蹦跳、翘望，也不敢出大声，傍晚也只起伏一两声虫鸣。只有刚下学的几个孩童熙攘着，要挽了裤管下西沟去摸鱼。

雨后，西沟涨满了水，水又野了。村头大大小小干涸的水洼子里积满了水，到隆冬年底，不知怎么，水洼子里就长了鱼，大的能有拃把长。原野上喝饱了雨水的青草该是多么肥呢。在地里忙活完一天，趁着天刚擦黑，农人牵着缰绳找一块青草肥美的地方，把木楔子揳进地里，让山羊美美饱餐一顿，卷着胡子的羊吃得肚子滚圆，目光寄放在远处，咀嚼几下，又低下头，嘴唇哑吧着。黄昏后，待主人晃晃橛子，拔了，牵着回家，撒了一路弯弯曲曲的粪蛋儿，也撒了一路咩咩地叫。

沉沉岑寂的平原，就像生活在梁邹大地的庄稼人那样老实厚道。庄稼汉在这片土地上滚爬了大半辈子，脾气性子也像极这平原的浑厚坦诚，一马平川。

大静生香，行走在这片大地上，你会嗅到野蜜的气息。

日落乡野

　　天空降下幕布，西边的一块天变得通红通红。静静的田野上起了蒙蒙的雾霭，它笼着天，笼着地，也笼着窝在地里晒了一天的庄稼人。假若此时天地间没了这雾霭，不知该有多乏味。

　　这时候，被大人拉到地里干了一天活的孩子也不嚷了，枯坐地头，双手抱臂。许是真累了，脸紧贴着臂膀，歪着头盯着西边——西边的天流血了。臂膀上渐渐感到雾霭扑来的沁凉，燥热了一天的世界终究是要凉下来了。

　　乘人不注意，蒙蒙的黑色溜进了棉花地，溜进了沟河桥下，溜进了人们的心里。棉花地里时有直起腰来舒展身体的人，他们挺起拴在腹肚上塞满了雪白棉花的大布兜子，怀孕女人一样地把身体挺成一个大弧。或许是孩子一天的吵嚷把大人的心吵烦了，许是一天的燥热灌满了他们的心，一屁股蹲在地头的土垄上。稍歇一会儿，便窝起宽大的手掌，圈在嘴边，努出一口唾沫，起身摸起扔在地上的镰头，就着这短暂的凉气再起劲儿紧忙一会儿。

西边的通红渐渐延展到四周的天,抽成了细细的红色游丝,熬夜人布满血丝的眼球一样,丝红。沟里的水也铺上了一层残红,让你看不真切那水是否在流动,就连一丝波纹也见不到,只静静的。风并不很大,孤零零的杨树叶儿微微颤抖着,轻托着夕阳古旧铜色,时而暗绿,时而绯红,时而暗淡,时而灿烁……

迷蒙的黑夜是村庄对外出人的呼唤,就像来了夜晚,大人对孩子的呼唤一样。可黑夜的力气终究不及孩子那颗贪玩的心,于是黑夜彻底泄了气,忽略了凑在一处正玩得起劲的孩子,烟囱里不见了炊烟,碗碟端上了饭桌,灶底的余烬不见了零星的火,大人这才出门去寻孩子。

天边的红已经退去很多,像刚漂了半截的红桌布。地里干活的人大都回家了,几个老头让自家的牲口在刚进村子的沙土坑里打个滚儿,卸一卸这紧缠在身上的劳累。就着牲口打滚儿的空儿,他们簇在槐树下的石磨上,摸出烟袋,填满一锅烟,吧嗒吧嗒嘬两口,几个人串或两句闲话,或相视无语,让烟雾笼得看不清对面人的模样。等自家的牲口从沙土坑里立起身来,老汉把烟袋嘴移出来,说一句:俺家的壮劳力玩儿够了。在石磨上磕了烟袋,跳下来,嘴对着烟袋嘴儿,通通气儿。牵了缰绳回家,毛驴身上如烟的毛上就淌了一路粉粉细细的沙土。

日头还没落下,生气了似的,把这世界万物的影子拽得老长老长。几个刚放学的孩子追赶着,相互踩着扑在地上的影子,零落了一地细细碎碎的笑语。路旁荒野地里有扛了长鞭子放羊的老头,夕阳把他的影子硬是拽到了路上,一向对老头肩头的长鞭子好奇的孩子,一脚就踩在长鞭子的影子上,抬头瞥一眼老头,坏笑几声,紧跑几步,赶上跑在前面的孩子。

日落是白昼的终结,也是劳累的终结。在终结处,忙活了一天的庄稼人回家了,回到了夜里。

撒满星斗的夜里闪着一朵一朵的光,幽散着大静。夜里起了几声脆生生地犬吠，忽而又被淹没在夜海里，只剩了几只草虫唧唧啾啾的耳语，替那业已入梦的人絮叨着一天劳累与充实。

故土朝圣

踮着脚，隔着时间的洪河，瞭望那静静的村落。见那里仍残留着最原始的信仰。生活于此的人腹里并无多少墨水，心眼里虽只认得黄土地，却又信天、敬地、说鬼、谈神……波澜壮阔了这片土地上信仰的传奇。

这儿的老人一辈子几乎不曾走出这块土地半步。日出而作、日落而息，他们大半辈子都滚爬在了这肥得流油的土地上。待着盛夏的新麦丰收，盼着越冬后换上单衣，念着天爷爷五风十雨……

清明时节，坟前飞旋起了黄表纸。作古的人并没有离去，都还活着。回忆往日的葬礼，那时滚落的泪水也只不过是对肉体的告别罢了。在这些静得吓人的日子里，活着的人却仍旧蹲在坟前，跟去了的人说话，尽管回应的仅是风吹响了不知谁藏在绺满坟头茅草堆里的风笛。祖祖辈辈还都在，只不过他们去了那边，与村子隔着一个打麦场，遥遥相望。而他们依旧为生计所累，一如祖辈们那些日子。

这庄子打我记事时候就在这儿了，爷爷如是说。大年时候，正堂上摆着祖宗的牌位，密密麻麻的蝇头小楷将那些作古的名字列了长长一串，故去的人走后也只留下三两个字的名字在萎黄的纸上了。我想，在牌位最顶端的祖爷爷，想必他有记忆时，这村子就在这里了，这该是多久远的记忆呢？也许在那时的记忆里也已有了这些虔诚圣洁的信仰，顺着时间这根麻绳，一直捋着游荡至现今。

年底，火房里灶旁土墙上的灶王爷被一年里烧火做饭的尘土油灰熏得满脸油黑，红红绿绿扎人眼球的衣裳也被时间涂抹得木讷灰黄，暗淡无彩——该给灶王换衣裳了。每年腊月二十三之前，就有胳膊上搭了厚沓沓一叠灶王像走街串巷的人。老人逢见他们就给让进家里来。掏几分钱请一张灶王像，乡里人管这叫请灶王爷。腊月二十三傍晚，就要给灶王爷换新衣服了。从墙上把灶王爷请下来，锅台上摆了草料、糖果、酒盅，一把火把揭下来的灶王像点着。"草料喂老牛，糖果黏爷嘴，酒盅盛大醉，上天多言美"，这句歌谣被烧的正旺的火苗映照得脆生生、亮堂堂的。

祭天的时候，供桌上摆满了鸡鸭鱼肉、瓜果梨桃，香炉里焚了香，一沓黄表纸堆在地上。满头白发的老人跪在桌前，双手合十，嘴里不住念叨着类似下面的这些话：一年了，一家子人都平平安安的。保佑儿孙们都健健康康的，到年底，俺多给你烧钱……絮叨完这些之后，便划着火柴，点了黄表纸，拿一根木棍挑笼着裹在火里的纸，双手伏地，虔诚地磕几个头。

大年过后是正月十五，正月十五在我们那里叫灯节。每逢灯节，趁着年味儿还未散尽，一年才刚开始，乡下人家手头上也没积得多少累活可干，索性就高高兴兴玩上一通。老人教孩子做灯笼，灯笼可以做出各式各样。村子里有个习俗，在正月十五的晚上，要挑着灯笼把自家里所有的东西都照一遍。夜幕沉下来，再慢慢漂浮到半空，街上就能见一两盏星火似的灯笼了，门口有老人探出头来嘱咐孩子：别忘了去打麦场照照，也到井栏那照照……孩子就挑了灯笼，跟三五个伙伴，顺着那条土路,一直走到打麦场。夜里的打麦场显得很空旷,中间堆着一两囤圆柱形的麦垛,顶上抹了尖尖的泥顶,活像电视里的蒙古包。都照完之后,老人就心安了。

如今,村里老人大都作古了,今年跪在供桌前祭天的换成了我。学着老一辈人的样子,我双手合十,点着了黄表纸,想念叨几句,却想不起来该念叨些什么。就嘟哝了两句:就保佑这些信仰永远留在乡村吧!我双手伏地,磕头。

一阵风吹来,绣着一圈火花的纸灰旋在了半空。这时,小侄子却跑过来嚷着要吃供桌上的肉,我把他抱在怀里,一手指着飞舞的纸灰,说:你看,老天爷多高兴,拾钱来了。天爷爷吃完,咱们再吃。小侄子仰着圆脸,盯着飞旋在半空的纸灰。我突然发现,他那张粉嘟嘟的脸美丽成了一朵花。

轮回

麦苗一茬一茬青了,热咕嘟的风从南边的洼地里爬上来,捂黄了麦芒,一转眼从北边高地上滚下来的凉风催着刚从被窝里爬出来的庄稼汉

在门口那块大青石上磨光了镰刀——地里只剩了麦茬。忙完一天活,回到家里。老母亲见儿子累得满头大汗,唉上一声。从老母亲的这声哀叹中,能听出他们对时光流逝的感叹。

隆冬的村庄银装素裹,角落里散落着熬日子的老人。他们满脸皱纹,皮肤是土地的颜色,是阳光照在地上,把颜色折射给庄稼人了吧。他们把眼睛眯成一条缝,你不清楚他是不是在看这个世界。暖絮般的阳光扑进鼻孔,嘴角抽动几下,打个极响的喷嚏。旁边木桩上拴的一头驴子也翘几下前蹄,哼哧几个响鼻,喷出一团白雾。老人奋拉着眼皮,朝驴子瞥一眼,嘴里嘟囔着什么。他在埋怨驴子学自己吧。巧的是,老人年轻时候的外号就叫老驴。老人小孩似的,朝私下里看看,周围都是些晒太阳的老头、老婆。要是搁在平日里,旁边爱打趣人的老玩伴肯定会拿刚才驴子学他打喷嚏这事戏弄他。庄里那一辈人的名字总是稀奇古怪,似随口拈了个名字,仔细想来,却又与他本人的脾性极其相似。贱名长生,于是,狗蛋、二拐子、傻子、楞子这样的名字都出来了。

庄里年轻力壮的小伙子都出去另谋生路了,年龄尚小的孩子也都被送到城里面的小学上学了。周围空落落的,满目萧条,仿佛这个村子里只剩了老人。年轻人谁还会再守着土地过一辈子呢?靠土地挣来的那几个钱根本不够现在年轻人的消费。老人总是这样絮叨:"先前,整几个钱,总想着盖房买地,靠地靠天吃饭,现在倒好了,没人愿意受那个苦头了。"

庄子西边的坟茔里又添了几座新坟。记得送葬时,有几个老人一手撑着胡同口的那棵古槐,仄着身子,探出脑袋来,见那长长的送葬队伍缓缓前行。我拍下了这个时刻,天色昏暗,幽深的胡同望不到头,胡同口站着一位满头白发的老人,眼睛里莹莹地闪着光。老人的手扶着古槐,那只手与槐树皮同色。才过去几天呢,常在一起聊闲天的人就被扔进了炉里,化成了一股浓黑的烟。

黑夜来袭时,村庄里的狗便吠起来,几乎是对黑夜的不满。黑暗就像舞台上的雾气一样漫过来,浸淫着村庄,吠声也被黑夜给浸湿了。拴在木桩上的狗挣拽着,不知道该朝哪里叫喊。狗的眼睛里只有黑白两色,黑夜来袭,只不过加深了视野中的黑色吧。一阵躁动之后,夜又复归了宁静,没有人关心砖缝墙角的嘤嘤虫鸣,也不再有人议论在黑暗中沉浮的蝙蝠黑影。也许夜里还有几个没有入睡的老朽的生命,撩开窗帘的一角,窥视着黑穹、贴在上面的半块月亮。旺盛的生命都把精力下放给了白昼,夜里安稳地睡了。醒着的只有老朽的生命吧。他们的觉越来越少呵,肿胀的眼泡像两个水铃铛吊在脸上。

　　老人老了,老了就是走了。人们不愿提及那个字,那个字就是对生命的结束。

　　灵棚搭起来了,里面铺了稻草,孝子披麻戴孝跪在那里,捂着脸呜呜地哭。院子里哭声震天,陆陆续续有来吊唁的人。像是在进行着一场仪式,村庄上的仪式。全村的男女老少手里有点零碎时间都跑来帮忙打理,在村庄,死亡并不是一个人的事情。手巧的女人正忙着缝丧鞋、丧服,有膀子力气的汉子抬过来刷碗的几桶凉水,熟悉丧葬礼节、上了年纪的老人给孝子解说着如何给来吊唁的亲戚朋友回礼……与院子里的气氛最不合拍子的是几个追逐的孩子,他们还不懂得什么是死亡吧? 他们喜欢去人多的地方凑热闹,不时发出一串笑声,那家大人白他一眼,孩子们吓得溜走了。

　　村西口隆起来一个鲜土堆,那就是老去人的居所了。活着的人哭过闹过之后,日子还得过,地里的活还得干,家里的柴米油盐还得打理……日子会把人的悲伤抹去,镀上一层古旧的釉,让人再也看不清原来的自己,也认不出现在被日子累得佝偻了腰的自己。人都变得冷漠了吗? 冷如青石,被风雨蚀成齑粉,而后随风而去。人把时间切成几段,分别散洒在零碎的生活里。这就是生命吗?

离开村庄辗转到城市，在跟母亲通电话时，听母亲说村里某某人老了，我知道，又有人死去了。听着那些古怪的名字一个个走掉，闪过往日他们活着时的旧影。去了的人就让他去吧，活着的好好活着。

人面对衰老时是怎样的一种心境呢？我揣摩不到。从那一张张满刻沧桑的脸上或许能看出点端倪，那是怎样的一种哀伤与无助呢？记得川端康成在《睡美人》里讲过一位叫江口的老人，江口老人几次去那家"睡美人"，一位饱经沧桑、几近衰颓的老人面对充满活力的年轻玉体时，那种悲凉难以言说。江口老人在此期间几次心生恶念，这恐怕就是人面对衰老时的心境吧。怯懦又充斥着凄怆。

死去的人再也不用整日担忧着庄稼的收成了，再也不吃仇家的气了，走了反倒清心了。为儿女劳碌奔波了一辈子，时间齿轮从不止息，催促着下一代继续开始新一轮的奔波。

挂在墙上的日历，撕着撕着就流泪了。没有了孩子撕日历的兴奋，他们还不知道撕去的是时间吧，就像他们不懂得死亡是怎么一回事情一样。再也不能像孩子那样撕日历了，再也没有孩子撕日历时的心境了。窗外响起了鞭炮，有人进屋来拜年了，墙上的日历上仍旧画着一个大大的"9"，日历上的时间停留在九月份，那时正忙秋吧，哪有闲工夫撕日历呢。从忙秋到新年这段时间变成了日历上厚厚一沓纸，终于翻到画着举鞭炮的胖娃娃那一页了，那就是今天——今天过年！

弃置在村口的磨盘不再拧转了，可日子还在拧转着。轮回的生命在村庄里建起一座座高楼，轮回里，农民也逃离了土地，去了他们并不熟悉的城里。

鱼鳞上的月光

梁邹杂记

　　梁邹大地上有个唤作码头镇的地方，从码头镇沿路一直向北，走数里地，就能见到滚滚黄河了。许是旧时这里曾是水码头，船只来往的港口，才得此"码头"名。现在的码头镇并非水乡，镇里高楼林立，车水马龙，已丝毫不见往日旧迹。在码头镇东南方向有一个叫高家庄的村落，那便是我出生的地方。旧时村落四周尽是穷乡僻壤，土路坯房。在梁邹平原上，举目四野，天苍野茫，无遮掩视线之物。周遭是大片的庄稼地，冬麦、玉米、高粱、棉花，皆因时而作。

　　古代梁邹之"邹"写作"驺"，本是天子狩猎的地方。汉高祖刘邦封功臣武虎为梁邹侯国，后改为县。永嘉七年后，梁邹县省废。想来现在的邹平便是从"梁邹"中取一字脱化而来，邹平县城离清代短篇小说家蒲松龄先生故居有四十多里，在这片广袤的梁邹平原上也流传着不少鬼狐神怪的故事。

　　沿着黄土路往庄子里走，杨、柳、榆、槐杂陈房前屋后，入眼便是一座座古旧剥蚀的土坯房。隔着矮矮的院墙，稍一踮脚便能看到院中的枣树。

窄窄的胡同在村里四通八达,胡同口是凉风常光顾的地方,夏日有很多赋闲于家的人摇着蒲扇在此乘凉。庄子周边多池塘水洼,不知这些水洼是何时所挖,许是因长久积水自然形成也未可知。一到夏天,水洼里便滋满芦苇,洼中有鱼,亦不过是三五拃长的鲫皮白鲢,洼底有不大的黄泥鳅,极滑,不易抓。夏日雨水充沛,水洼里涨起黄水,孩童们便携了渔网去捕鱼,所获也仅三五条,却总弄得一身脏,回家讨大人的嫌。庄子西边横淌着一条河,河水夏饱冬瘦,河床上多杂草野花,放羊的老人扛着长鞭,悠闲地在河床上踱步,时而朝瓦蓝的天穹甩一个响鞭,是那般清脆。低头啃草的羊听到响鞭便惊慌地抬头看看,见四野安静如初,便又安心低头啃草,若无其事。

老人肩上扛的鞭子让我想起旧时乡里曾流传着的一个故事。这故事是老人常讲给孩子们听的,要孩子懂得忠孝之道。在我小时候,奶奶也曾给我讲过。旧时庄里一个叫水津的娃死了娘,他爹给他领来一个后娘（即继母,老家土语叫后娘）,后娘有两个比水津小的娃。后娘来到他们家,一家人吃饭穿衣都靠她一人。可这后娘却偏心,只顾自己两个孩子,对水津从不上心。傍晚后娘熬了菠菜汤,只把汤水舀给水津,把菠菜给那俩孩子。水津爹在地里忙完一天的活回到家,水津跟在爹屁股后面喊饿,水津一喊饿,爹就撩开他的衣服,把他滚圆的肚子露出来,用手拍拍,笑着对水津说:把肚子吃得这样圆还喊饿！爹不知道,水津的肚子里全是汤水！水津爹从未察觉,日子依旧如常。一入冬,水津便追在爹屁股后面喊冷。水津爹说:水津啊,你娘给你做的棉袄比给你那俩弟弟的都厚,你俩弟弟怎么不喊冷?！水津说不出话,只咧着嘴呜呜大哭。爹见水津哭,伸手拿了鞭子朝水津身上就打,一直把水津撵到外面的野地里。天落着大雪,爹的鞭子抽在水津的棉袄上,冷飕飕的北风从水津的棉袄里带出一串白暄暄的柳絮,在茫茫雪地里乱舞了漫天。故事到这里就结束了,听的人都明白,是那后娘用柳絮给水津做的棉袄。我被大雪地里北风吹乱柳絮这样的场景震撼了，我一直在大脑里虚构着这样一个迷离凄美的场景……这该是一个怎样凄婉的场景呢？

　　就是这样一个地方。这里的一草一木一石一水，仿佛也都含情带意，知冷知暖。在旧时乡间的夏日夜晚，在这黄土大街上，人都提了马扎停在此处摇扇乘凉，听那些积古的老人讲些庄子上鬼狐神怪的旧事。夏日酷热难耐，唯沉沉暮色之后，才见树梢微微有些晃动。黑夜里悬着一块白净的月亮，能看到月亮周围移动的云彩。夜色清幽，头顶的星星烁烁闪闪，过来一阵凉风，给腋下捎来一袭凉，一天的暑气就退了大半。夜阑人静，躲在古街路旁乱石草菁里的促织、蝼蛄，便起伏起了交响乐似的"吱""吱""吱""吱"。老人说以前乡里流传着这样一句老话——"促织鸣，懒妇惊"，家里懒散的年轻媳妇最怕听到促织叫，促织促织，顾名思义，就是催促织衣的意思。促织一叫，秋天就近了。天也随着渐渐凉下来，家里年轻媳妇得开始准备给家人做厚衣服了。我记得以前所读的野史杂文里曾把促织声解释作"浆浆洗洗，纽襻依依"，与老人的话两相对照，看来"促织鸣，懒妇惊"这样的古话确实不假。夜里乘凉，常见街上有拳头大的蟾蜍鼓着身子慢吞吞地爬过来。在老人那里，世间万物身上都藏着故事和神奇，我们这些半大的孩童却不知，晃着老人的胳膊央求他给我们讲。

　　在这广袤的大平原上，田间地头多水井，且大都为旧时乡人所挖。古旧时节，水源难寻，河枯溪瘦，灌溉农田只得靠井水。据乡里老人所述，这一眼眼井都是靠人一锨一锨挖出来的，挖井时，井底渗出的水寒凉刺骨，当时参与挖井的老人现在都落下了寒腿的症候。现如今，河溪重修，夏秋二季河水涨满，足以灌溉庄稼农田。于是，田间的水井多被弃置。只有几个菜园子里的水车仍旧嘎嘎响着，把哇凉的井水导出来，汩汩淌进菜地。先前在庄子西北角上有一座瓦窑，窑旁一棵垂柳树下有一眼水井，这水井本是瓦窑里的做活的工人所挖，用水皆从这眼水井里取，后来

因经营不善，瓦窑停产之后日渐坍圮，只剩了这一坨隆起的土丘。坍圮的瓦窑野漫了荒草枝蔓，再无人问津。庄子里的人倒是经常去那眼井挑水，人们都说这眼井与别处不同，别处井水咸涩乏苦，这里却甘甜爽口。早先庄里曾有这样一户人家，因家里老人挑唆，妻子与丈夫不和，妻子经常受男方家里排挤。事出无奈，妻子选择了投井。一个酷热的夏日午后，田野四处无人。妻子自己到庄子西北边，投进了瓦窑边上的那眼水井。据乡里老人说，那女人投井后，一直漂在井水上，感觉井口逐渐倾斜，最后那女人竟沿着井壁爬了上来。女人上来后，再回头看时，井口又复如初。她以为自己命不该死，以后必有后福，遂又匆匆回到家中。回家一推门，却见丈夫伏在婆婆床前大哭，才知道在自己去投井的时候，婆婆心脏病突发，没等她回来就咽了气。女人不敢跟丈夫提方才自己投井之事。与丈夫给婆婆料理完丧事，两人和睦如初。年节时候，那女人备了酒菜，携了篮子去瓦窑井边去烧纸祭拜。如今，庄里人在过年时候，仍要打着灯笼去那井口照照。依老人的话说，这一草一木都有灵性。瓦窑边的柳树被伐掉了，可那眼水井还在，清晨仍能听到有人挑了扁担吱吱扭扭去那里担水，我知道，那些旧故事就藏在那吱吱扭扭的声响中。

胡同口有棵古槐，槐树下有一盘石磨。日久年长，石磨周身青苔滋蔓，上下两扇磨盘叠在一处，因长年无人动它，两块磨盘竟粘成一块石头。关于这块石磨的来历，村里须发花白的老人都说不清楚，只记得是早先公社里的公物，乡里的姑娘媳妇来磨麦磨豆皆用此磨。后来村里有了电磨，这石磨就弃置不用了，放在公社里碍事，便把这石磨挪在了胡同口的槐树下。夏天，来往过路的人能蹲在这槐树下的石磨上歇脚乘凉。路人不知，这屁股下的磨盘还有另一番功用。那时乡人多住土坯房，老鼠是大害，偷米偷面，咬烂衣裳。那时我家东屋老鼠闹得厉害，娘把邻家的猫抱过来，夜里锁在东屋里。翌日清晨，见东屋门开了一条缝，猫不见了。四处寻找，也没能照到。奶奶把我叫到跟前，让我趁着晌午人们歇觉，街上无人,去槐树下冲磨眼唤几声那猫,兴许能把猫找回来。果不其然,没过几天,邻家就跟我家说,猫已经回家了。庄里人但凡丢了物件,三五天寻不回来,就去冲磨眼喊几声,找回来与否都算是了个心结。这古槐下被弃置的磨盘在乡人眼里就不单单是磨盘了。

从胡同里出来,走在黄土大街上,路两旁堆满了棉柴堆。柴堆都堆在自家门前,傍晚生火做饭,老人常出来抽柴,柴垛也就随着日子变得渐渐稀薄。刺猬常住在棉柴垛里,白天躲着不出来,夜里才蹑脚出来寻食吃。按照旧传说,刺猬夜里会打墙、会唧唧啾啾唱歌。每次见到刺猬,总是在窄狭胡同的小路上,它满身是刺,却不讨人嫌,动不动就把自己的身子团成一个刺球。乡里人说,刺猬是财神爷的化身,能保佑家里发财。若是谁在自家见到了刺猬,一家人就喜得不得了。与刺猬一样,昼伏夜出的还有黄鼬。黄鼬在人眼里可不像刺猬一样,黄鼬偷鸡,是一大害。它长了一张圆脸,通身棕黄色油亮的毛。旧传黄鼬喜欢在人前跳舞,尤其是见了漂亮姑娘。以前,庄里人经常外出打猎,也能打到几只黄鼬,提回家里,剥了皮,把一张完整的黄鼬皮挂在墙上,晾干。等收猎皮的人来,这黄鼬皮能卖几个钱。记得幼时我去二叔家,见他北屋土墙上挂了一张黄鼬皮,通身棕黄色油亮的皮毛,拖着一个茸茸的大尾巴。上小学时,读到鲁迅先生《故乡》中写到大月亮地儿里闰土刺獾,竟激动得不得了。因未曾上学,家里老人就给我讲夏天夜里獾去瓜地里偷瓜的事。为不让它们糟蹋田里的瓜,人们便在瓜地里搭起一座草棚,夜里卷了铺盖去田地看瓜。入夜后,天渐渐凉下来,静下来仔细听,就能听到瓜地里窸窸窣窣的声响。看瓜人起身提了立在墙根的扁担,循声蹑足过去。獾这东西古灵精怪,没等人见到它的影儿,它却早已经发现了人,便听到跐溜一声,瓜秧一阵骚动——獾跑了。农人们总是拿它没办法,只得夜夜在瓜地里看守。

沿着村路往西行,越过一个高坡,走不多会儿就到了西河,因这条河

在庄子西边,庄里人就喊"西河",喊惯了,西河的名字也就定了下来。西边有片古坟,依傍着西河,周围尽是庄稼地。古坟多是用大块青砖垒成,硕大无朋,从远处看,就像隆起在原野上的一座座小丘。以前古坟里住着一种叫大猫的动物,年轻人不曾见过,只听到过庄里老人那里关于大猫的旧事。大猫不但糟蹋瓜地,而且夜里能立起身子,围着庄子嗷嗷叫,把人吓得不敢出门。旧里乡下家里孩子多,夏天夜里,娘在大街上铺一块包袱,把自己的几个孩子一字摆开,摇着一把蒲扇,给孩子驱赶蚊虫。白天孩子睡足了觉,夜里很晚才能入睡,让大人们不得安宁。于是,大人就给他们讲故事,故事里也是大猫。大猫能像人一样直立行走,围着庄子嗷嗷叫,小孩子夜里可别大声闹,大猫专吃夜里大声吵嚷的小孩。孩子害怕,更难入睡,不敢自己起夜,总让大人陪着。我未见过大猫,至今未见。据说大猫在青砖古坟里过夜,许是现今古坟多被平,它们没了栖息之所,逃往别处也未可知。

隔着西河,对面有一个村落,叫成集。村里有几个老人是西河对面成集的,年轻时候嫁过来给人做了媳妇。有一位老人告诉我,她妹子也嫁到了这个村子,年轻时候,姊妹二人常一块儿回娘家,因从西河桥上去成集要绕路,深秋西河枯瘦,河底只剩了一条细瘦的水流,两姊妹就商量要从河底过去。那天两姊妹去时是大雾清晨,返回时已是傍晚,大雾笼着天笼着地,丝毫没有退去的意思。先前西河这边的高坡上有一棵粗壮的杨树,三人展臂方能把树干搂抱过来。两姊妹走到这里,天色已晚,没走几步便又回到原地,如何也走不出去了,如此折腾了一夜。翌日清晨,村里老叔牵了黄牛下地干活,见她二人在西河边上的高坡上爬上爬下,老叔走过去,两人才回过神来。原来昨夜两人一直在这坡地来来回回走了一夜。如今,西河高坡上的那棵粗杨早已被人伐了,只剩了枯朽的木桩子在那里。老人年轻时候经历的那种事情就再也没在这里发生过。傍晚,我立在西河的高坡上,见瑟瑟河水汩汩向南流去。老人的故事已经结束了，可我仍旧裹在这平原大地神秘的大雾中，沉醉不已。

这便是我的故乡，一个坐落在梁邹大平原上的小村落。

春夏秋冬，这里轮回着美丽的故事，一砖一瓦都有着它们自己的生命，也有着跟生活在这里的人有着不解的缘。每年冬里我都会回老家住一段时间，让老家至亲的人讲那些曾经发生在这片黄土大地上的古旧传说。老家的清晨，窗外漫天飞雪，自己也不必着急起床，躺在被窝里，把被角裹得严严实实的，静静地听北风把枣树的枯枝折断的声响。炉膛里氤氲了一夜的炉火待到天明才呼呼燃上来，炉身发怒似的憋红了脸。娘说村里二婶子闻听你爱听旧故事，她今天早晨特意起了个大早来给你讲听，赶紧起来吧！我刚把棉袄穿上，二婶子已经进屋了。我问了二婶子好，她背靠着炕沿抄着手坐在马扎上，我仍躺在被窝里，听二婶子讲了一上午的故事，窗外大雪也不知什么时候已停了，满世界尽是细碎金黄的阳光。

忙夏忙秋

在老家待了夏秋两季，旧时的记忆便同这寒风一样嗖嗖袭来。

回到老家，见木门上还残存着不知哪年除夕写的春联，红纸褪了色，

斑驳的毛笔字仍依稀可辨：

春花岁岁更新青山不老，时序年年除旧淑景长存。

木门朽了，木门底下落满了马蜂钻孔的木屑。推开门，扑簌簌落了一地尘。走进院子，花池里的一棵石榴树，这几年因没人管，枝丫树叶乱蓬蓬簇作一团，不起眼出缀着几个瘦瘪的青石榴。迈步进东屋，见墙根处立着一个周身爬满青苔的石磙，房梁上挂着的木锨、铁叉、簸箕等农具上也因多年不用，缀满了蛛网。这些就是促使我回这里看看的念想吗？也许是，也许不是。坐下来静想，入眼的每件器物都封锁着一段回忆，那段已经老去的时代的回忆。屋门上的铁锁被时间锈住了，那铁锈就像老人的老年斑似的，爬满了脸。

墙根的石磙、东屋里缀满蛛网的农具让我记起了老家农人忙夏的场景，旧物里裹着多少记忆呢？它就像一把钥匙，一见到这把钥匙，一段记忆就打开了。

收割机隆隆声响过，留下一溜整齐的麦茬，这片土地已被这茬麦子熏过了，土壤散发着清淡的野香。早晨，能听见布谷鸟叫了。老人跟孩子解释着布谷鸟"布咕"是在说些什么：你在哪里？我在麦地。麦子熟了，赶紧泼场。你说一句，布谷鸟就像听懂了似的，也跟着"布咕"一句。仔细听着，布谷鸟仿佛懂了人的意思，跟人一句一句交流着。孩子觉着有意思，每听见布谷鸟叫，就双手捂成喇叭，安在嘴上，朝布谷鸟喊：

你在哪里？
布咕。
麦子熟了。
布咕。

孩子笑了,布谷鸟也飞走了。布谷鸟一叫,麦子也就快熟了。农人背着手到田间地头走走,伸手掐掐麦穗,掐算着割麦的日子。到了割麦的时候,天刚拂晓,热咕嘟的风就越过窗子,一个猛子扑进屋里,捎来一股熟麦子的野香。农人沉不住气了,许是这股香气把他们熏醒了,一个个都蹬上裤子,趿上鞋。伏在饭桌上赶紧扒拉几口饭,收拾好农具,给老牛套上车,去了打麦场。

闲置了一年的打麦场被蝼蛄钻得满是眼儿,一道道弯弯曲曲隆起的线连着一个个眼儿,土地一年不拾掇,也荒了。周边疯满了杂草,长得足有一人多高。头上蒙了头巾的农人在石磨上把镰刀磨得锃亮,从杂草根处下镰,一一清除,露出一块亮堂的场地。提来铁筲(shāo),从邻近的池塘水洼里挑上两担水,开始泼打麦场。各家差不多是同时进行的,见一家挑水,邻近的人家着了慌,也都纷纷吱吱扭扭挑了水筲,扭着屁股到池塘水洼里挑水。村里人都知道,近处的水不多,邻近的池塘水洼里都是零星积攒的雨水,人大都从邻近池塘里担水,挑水的人匆匆忙忙走了,剩下塘底黑黑浅浅的一层淤泥。农人们一年到头都抢哩。

农人卸了扁担,微弓着腰,一手抓着水筲系子,一手抠住筲底,把筲稍稍一侧,来回一晃,泼出去的水就变成了一把透明的扇子。后面一人紧随着,双手从竹篮里摸出两把麦糠,晃着,四散在被水洇湿的打麦场上。等水泼完,麦糠撒完,给老牛套上笼嘴,拉上石磙,农人立在打麦场中间,老牛围着麦场一遭一遭转着。天热得邪性,压场的老牛也被这毒热的阳光吓怕了,放慢了步子。农人心疼老牛,就拿来一块方包袱,在水里洇湿了,披在老牛背上。约莫转五六圈,农人牵开老牛,用铁叉把粘碾在麦场上的麦糠挑在一处,堆成一座小山。此时打麦场便光滑如一面铜镜,记忆中这样光亮的打麦场只出现在西边的天殷红的时候。农人忙完,日头早就偏在西天了,拴在旁边柳树上的老牛在夕阳里哞哞叫几声。一

天的活就在老牛散发着饭香的哞哞声中告一段落了。

等明天把麦子割回来，散在打麦场上，在日头下暴晒，麦秸秆晒得酥黄。仍旧给老牛套上石磙，来回碾压。一片打麦场里有几头老牛在自家的打麦场上转着圈子。石磙把麦秸压的软暄暄、蓬松松的，麦秸也有了亮色，麦粒脱得差不多了，把老牛牵开，拴在树荫下。农人挑了叉，哆嗦着把浮在上面的麦秸垛城垛，麦秸垛足有两人高，留下麦粒和细碎的麦颖，原本蓬暄的打麦场只剩了残薄的一层。拿竹耙子将没有碾脱的麦穗头子拢在一处，地上剩余的就是麦粒和麦糠了。

打麦子也是要看天气的。响晴的天里，风稀薄得很，高高的杨树梢儿一动不动。扬场得靠风，没风就不能扬场。拿簸箕盛了麦粒和麦糠，使劲往斜上方一扬，风就把轻飘的麦糠吹走了，散落在近处的是焦黄的麦粒。扬场可以说是打麦子最累人的一道工序了，农人得一簸箕一簸箕把场上的麦子全都扬一遍，最后把干净的麦粒装袋封口。

树荫下的老牛也倦了，早就伏在地上，眯缝着泪眼，嘴里不住地嚼着，白色的哈喇子流了一地。待所有的麦子都进了袋子，一只只紧挨的尼龙袋子立在了麦场上，农人把老牛牵过来，套上车，把一袋袋麦子抗在车上，装得满满的。农人抽下搭在肩膀上的毛巾，抹一把脸，长舒一口气，总算忙完了。顿顿缰绳，紧跑几步，赶上老牛。一跃便坐在了车上，荡悠着腿，披上一身凉凉的晚霞，一路哼着小曲儿回家了。

入秋后，地里的棉花稞儿经严霜一打，原先泛青的枝叶便着上了一层枯朽斑驳的锈迹。过不几天，若是再逢上一场秋雨，满是锈迹的棉花叶儿沾着冷雨扑进土地里，也就零落成泥。

叶落了，卸去了主角的身份。经秋阳一照，蓬暄的棉花朵儿开得白花花的，着实喜人，旁边路上有过路人经过，看见这白棉花，也禁不住要夸上两句。棉花被细碎的阳光晒得胖蓬蓬的，鼻子凑在棉花上，从里面能嗅到朴日伤感的味道，你分不清那是秋日阳光的味道，还是过去旧日子的味道。爹娘出去打工，家里的土地都包出去了。我仍记着，儿时家里有地的孩子，在暑热蒸腾的午后，被大人拉着下地干活。孩子嘴里少不了抱怨，终究被大人在腰间系上一个大布兜。学着大人的模样，伸手去抓那棉花。伸出四只手指，小指稍微弯曲，把棉花捏出来，放在布兜里。不知什么时候，肚子上的布兜就鼓了起来，等意识到兜肚满了，腰已经被细绳勒得生生的疼。于是，腆了肚子慢慢地朝地头移动，活像一个孕妇，拴在地头上的老牛抬起头，看看腆着肚子的人，哞哞叫上两声，好像在笑话人似的。移动到地头上，把布兜解下来，倒进袋子里。

拾棉花的确是一件累人的活儿，秋后农人们的活不多了，出去打工的男人也都回来忙着秋收，棉花是一年里最后一次收获了。棉花开得越白，人心里越怕天会下雨。棉花全开得白灿灿的，若是落上一场秋雨，盛开的棉花沾了雨水，显得木滞滞的。缩在棉花棵子上还没开得棉桃儿也怕雨，雨后，棉桃极易脱落，加之，土地潮湿，落地的棉桃就沤烂了。雨后，地里暄，棉花棵子容易倒，这让农人时刻揪着心。收棉花的日子里，农人们吃完晚饭都凑在电视跟前，收听天气预报。得捡个秋阳普照的好日子，一气把地里的棉花收完，这才放心。

离开土地的这几年了，身上沾了些城里的洋气。再回到这片土地，看到这片白花花的棉花地时，嗅到这大野的气息，鼻子竟有些酸了。离开这片土地久了，再回到这里，嗅到她的气息，看到遍地白花，心里说不出的辽阔。这也许就是土地的魅力，能让人的心回到原始，回到自然，那样洒脱不羁，驰骋万里。感伤、激动之后，随之而来的是绵长的记忆，秋雨似的记忆，带着些清凉，捎着些感伤，扑面而来。

目之所及，尽是感伤。草丛里蹦跶着几个蚂蚱，它们也倦怠了似的，蹦得不像以前一般高了。旁边的水洼子也安静了，水面上见不到一丝涟漪，我想它也是倦了吧，送走了夏日喧腾的水鸟，送走了爱玩水的孩子。水面静成了一面镜子，镜子里看到了自己的写满忧伤的脸。就连这白棉

花也带上了忧伤，白色总是让人感伤的，何况是这漫山遍野的白！

　　秋收一过，寒气把家家的大门都掩得紧紧的。离开老家的那日清晨，我走在村中黄土大道上，见晨霜染白了路两旁的枯败杂草。地里棉柴拔掉后，也只剩了一眼眼孤孤单单的土坑，它们仿佛在睁着大眼睛巴望着春风把大地吹暖，盼着农人弯腰洒下溜黑饱圆的种子。一阵寒风吹来，我裹紧衣衫上了车。在回城里的路上，我给自己许了愿，来年再回老家，帮着街坊四邻忙夏忙秋。

摸游郎

　　每年七月初，是游郎（即蝉蛹，老家管这叫游郎）破土而出的时节。

　　每到这时，也偶能听得树上几声蝉鸣。庄稼人就知道，又到了摸游郎的时候。蝉蛹有好多叫法，我们这儿普遍的叫法是游郎，还有喊知了猴儿、神仙之类名字的。

　　天刚一擦黑儿，忙完一天农活，还未及吃饭，人们就从枕头下摸了手电筒，橱柜里摸索出几个方便面袋子，团成了团，塞进裤兜里。裤管上沾着干酥的泥巴，就朝村南头的小树林里去了。孩子恐过不得瘾，扒拉过几口饭，或兜里揣了块夹了咸菜的干粮，飞也似的蹿出门去，身后甩下家里一串叮咛。

傍晚时候，西边的云彩还没能彻底退尽酡红的色彩。村里多种杨树，大都笔直参天，入夏的凉风拨弄着树叶儿，树叶摩擦声送来几缕清凉。披了土灰色凉褂，背着手的壮汉，敞了怀；露出瘦骨嶙峋胸脯的老人，嘴里叼着用孩子废弃的本子卷的纸烟，从村里那条小路踱出来。

到了树林，天还没黑透。天尚有一丁点儿亮，游郎在洞里等着天歇黑。早来也无益，会抠游郎洞的人，就折几寸树枝，猫了腰，或半蹲在地上，蜷着腿往前挪着步子，在地上抠窝，等着天黑。有时也会抠出蛤蟆，咕咕两声，蹦走了。不会抠的人，则干立在那里，瞪着眼盯着树干，白耗费着天黑前的时光。六七月里的黄昏，空气里散尽了春里的细暖迷醉，凉酥酥的，让人感到熨帖。回头瞭望村子，见各家屋顶上的烟囱吐开了烟圈，就知道家里的婆娘在做饭了。头顶上时不时掠过一只檐憋胡子（蝙蝠，村里人都这样喊），吱吱叫上几声，只轻轻地一掠，就钻进了夜里，寻也寻不见了。

看不见了蝙蝠，游郎也就快破土了。天暗下来，村庄烟囱里冒出的烟也瞥不见了，许是婆娘在家做好了饭，许是天黑，啥也看不见了。这时候猫在地上的人直起身来，立在一边等着天黑的人也游动起来，捏开手电筒，甩出一束光，晃在树上，晃在草丛里，都眯着眼，顺着手电筒的光，抬起头，又低下。游郎破土，开始爬树了。

漆黑的夜里会传来孩子兴奋的声音——"我又摸到一只"。游郎被亮光一照，就停在那里一动不动，走上前去，捏在手里，就装进了事先准备好的袋子。

摸游郎，要有好眼力。孩子的眼神儿好，一晚上摸得总比大人多，孩子的手脚也麻利，赶在大人前面，围着树眼睛扫一圈，就紧跑两步，搂住下一棵树围着瞅。

摸游郎的人渐渐多起来。远处一看,树林里晃来晃去的都是手电筒的亮光。马路两边的树行也多游郎,只是比不得从前。听老人说,原先这里是土路,那时节一到天黑,是满树的游郎。听得孩子们瞪大了眼睛,发出连连的惊叹声。

天可是黑透了。手里攥着的方便面袋子也鼓了起来,村里路口上开始有婆娘喊自家的娃回家吃饭了,哪家婆娘喊一声,不知哪里就会应上一声,夜裹了人。摸游郎是有瘾的,孩子不想回家,仍是在树林里穿梭。村里种菜的老农骑了嘉陵摩托,拖了一斗子刚在西边沟里涮干净的芹菜,从身旁疾驶而过,摩托的声响震得耳朵嗡嗡直响。

摸了游郎,拿回家。孩子们好奇,大人就拿来一只茶碗,把游郎扣在桌上。翌日清晨,挪开茶碗,就变了两只,一只有了翅的蝉,一只空壳。抱在怀里的孩子就被逗得喜笑颜开。

摸游郎的人比游郎都多啦!不知是谁含着笑说了一句。的确,摸游郎的人都摩肩接踵了。

在地里滚爬了一天的老农也忘掉了累,竟悠游自在地像个孩子,也顺着树,摸着。路上掌了灯,村子里一家家的窗户也亮起了光,手里的手电筒光就渐淡下来。自家大人和孩子一喊一应,凑到一块,说着话,驮了一身的疲惫回家了。

没出尽的游郎,在岑寂的夜里悄悄地爬上了树梢,明天的树杈上就添了一声把夏天拖长的蝉鸣。

关于泥土的记忆

或许这不只是我一个人曾有过的揣想。

一个温润的雨天，泥土中春笋般冒出一朵朵婴儿的小脑瓜。村里人急急忙忙把斜在墙角的铁锹顺过来，挑了竹篮，争抢着跑去那片土地。湿潮的朽木上，蘑菇也开始拼命地长。他们把亮闪闪的铁锹伸进泥土，轻轻悄悄地把刚出土的孩子刨了出来。瞧他们的脸上，是一层即将开败的桃花红，他们甚至是蹦跳着，挑起篮子回家了。这些孩子也飞快地长，真像竹笋一样。他们也学了前人的模样，备好了铁锹、竹篮，满头大汗，直腰立在平原上。你若上前问他们在做什么，他们说：在等一场雨。

我想，生活在这片土地上的人都曾有过这样的揣想。年龄拔节似的生长，骨节嘎嘎直响。后来才发现，其实苏格拉底的三个问题并不高明，街上野跑着的穿开裆裤的几个孩子早就开始发问了。他们满世界找答案，最后不得不跑到家里问大人。在孩子的心里，大人做事总比他们自己有更大的可能性。可是，大人们听到孩子的疑问之后，总会皱起眉头，甚至当面训斥孩子一顿，让孩子摸不着头脑。他们总有一种刨根问底儿

的精神,等到他们把大人问倦了,大人就给孩子编一个看似很圆的谎言支吾过去。

故事的背景定是一场不算大的雨。

你爸扛着铁锹、挑着篮子去南坡干活。刨土时,突然发现地头一个土坑里,露出了一个光光的小脑瓜……你看到地头上那个大窟窿没? 随母亲下地干活,她伸出右手的食指指给我看。喏,你爸就是从这里把你挖出来的……我跳进那个土坑,坑沿刚好没过我的头顶。

这似乎是一个比较满意的答案,我心头稍安,后来的夜里就多了几场如雨的幻想。

稍稍长大,我问过几个玩伴,他们大都听过这样一个故事,只是故事的详略有点出入罢了。我开始回忆母亲给我的答案,那天父亲是如何去了南坡,如何下起了雨,如何发现了我,又如何把我带回了家……父亲的铁锹如何把一层层的泥土掘开,碰到了我的小脑袋……这样的细节都绘声绘色,让我不能不信,我会把脑袋扭过去追问(追问似乎是孩子的天性):如果爹一不小心,铁锹碰到了我的头,我是不是就死了呀。母亲最忌那几个不祥的字眼,催我往地上使劲呸几声。

后来越发觉得,夜里如雨的幻想不再如先前那般充斥,那个故事开始松动。村里哪家又添了孩子,我突然就发现,那家妈妈那滚圆的肚子突然就瘪了,瘪得像个跑了气的气球……

平原上多淤泥,大都为黄泥,黏性大,与塘底的黑淤泥不同。冬里,村里人常把黄淤泥与煤炭掺了,用水和在一起,砸拈成一块块齐整的"渣滓"(抱歉,我找不到与方言对应的词语),摆在门前晾晒。数九寒天,屋里脆冷,若是夜里炉火灭了,人受不了,用渣滓添炉膛有一个好处,睡觉前在炉膛里塞几块潮湿的渣滓,拿火锥捅上几个眼儿,炉火就氤氲一夜不灭。翌日清晨,提火锥捅炉膛,苗火渐起,坐在炉口的水壶不一会儿便生生作响……如此,炉膛里的火也就一冬不灭。

那年月可玩的东西很少，有了这黄淤泥，每一页日历都像除夕那一页一样漂亮。任何想得到的玩意儿都能用这不起眼的黄淤泥捏出来，前提是手艺要好。半大的孩子聚了一群，打南坡挖来一兜子黄泥，摊在门前光滑的水泥板上。下午的时间过得飞快，等天稍稍暗下来，门前用黄泥捏成的各种人物、鬼怪、动物列开阵势，场面甚为壮观。最有成就感的是忙了一下午的孩子，粘满泥巴的手在额头上抹汗，抹成了花脸而不自知，只相顾嬉笑……

如今，再不见有谁家孩子在门前玩黄泥了，也不见谁门前晾晒渣滓了……我期盼着在梦里和它们相遇，可这样的梦越发少了，或许它只属于那个一直盼着长大却永远长不大的你我。

鱼鳞上的月光

存活在记忆里的那洼水塘从没有像今天这样瘦小，那原本是个能装下整个世界的水塘，可摆在眼前的就是这样小得可怜的水洼子。

我一直想去看看那个常夜里泛起月光的洼塘，里面白粼粼的水，也仍记得奶奶话，鱼鳞上沾满着月亮的银光，鱼鳞上的月光是最耐看的。

原本月亮就是一湾洼塘，你看上面那些游丝的黑线，就是鱼儿在游荡了。夜里睡不着觉，能听见屋后洼塘里银白的水在上涨，就像涨潮一样，泛上来的大多是鲫鱼。我见那鳞片上真的沾满了的月光，通体透亮。

在秋后干枯的风里，洼子里也没了水。一季熟透到灰枯的苇子被亮闪闪的镰刀割倒，打成捆儿，横躺在洼塘底，样子像极被风吹倒的稻草人。午后四下里静静悄悄的，突然发觉周围没了声响，鸟儿不知跑去了哪里，只留下一个乱糟糟的鸟窝叉在三根苇秆上，死寂死寂的。生命就是这样神奇，干卷在塘底的鱼儿仍旧瞪着大眼，一旦离开它习惯了的世界就固执地待在那里，再也不动弹。

等落过一场淫雨，愈合了塘底的伤口，塘底积存了些野水，大大小小的鱼就不知从哪里长出来了，或许是谁在塘底撒了鱼的种子。等雨水沣润的时候，土地就出奇地柔和起来，塘底就长了鱼，开始一帮一帮往来游晃。白天极不容易见到鱼的影子，最好是选个有大月亮地儿的夜晚，等天上的星星一颗一颗凑齐了。立在塘沿上，就能看见成群银白色的梭子在水里织来织去，偶有几声婴儿的哭泣，那不过是紧抓在树杈上骗人的猫头鹰罢了。婴孩一哭，银白的梭子在黑青色的布匹上猛地一拐，织出的颜色就浅了，仿佛因受了惊吓变了脸色。

夜深了，银梭还在塘底不知疲倦地织着。我总会把月亮和夜里的鱼联系在一起，塘底的鱼竟随了溟濛的雾气，游到了月亮上。夜里的月亮也是一湾水洼吧，里面也有这样一群银梭式的鱼，在盛满柔光的月亮里不知疲倦地织来织去。月亮的阴晴圆缺，也像这洼塘在四季里的沣枯润瘦。也许天上的时间正和地上的时间相反，瞧，这圆如玉盘的月亮下的洼塘却被塘沿疯长的枯茅草遮掩小了，洼水细就瘦成了一弯月牙。

不知过了多久，一股凉气就涌上来，落雾了。抬头看月亮，就像隔了一层毛玻璃那样迷蒙。我看见塘里的银梭开始在水皮上跃动，水面上星星点点的，说不清是返着月光的雨点还是鱼的小圆嘴吐出的气泡。有几条小鱼跃出了水面，纤细的雨丝就像阳光下隐现的一根钓线，逗引着它们，最后竟把鱼甩上了岸。一根银钗掉落在岸上的苇丛，抖着冷光。越来越多银亮的鱼被甩上岸来，它们还在水中一样，又交织起来。周围的空气也温润了，潮湿得让人喘不上气来。隐在草蒿里的虫鸣也喘着粗气，加重了露气，像雾一样涌一阵歇一阵。

　　破晓，鱼鳞上的月光隐去了，谁也寻不见它们的影子。那美丽的鱼鳞上的月光只存活在野水洼里，夜晚才是它们绽放的时间。这，也是奶奶告诉我的。

饥饿感

　　当西河岸上变成一边荒芜，夜里一双双绿眼睛就朝河对岸的柳树进攻了。夜里河岸对面变得越来越亮，直到某个夜晚来临，河对岸简直亮如白昼。后来才知道，河对岸的柳树皮全被剥光了，一棵棵柳树露出它们妖艳的白身子，把西河照得波光粼粼。

　　能吃的东西全都吃光了，小村里的人都把下巴耷拉了下来，一直搭落到胸口，眼睛瞪得滚圆。他们开始往嘴里塞些煮熟的树皮、杂草，人饥

饿到极点的时候，就变成了食草动物。远远的，见他们四肢着地，在裸露着干土的平原上爬行，西河里的水也快被这毒太阳榨干了。也许是因为他们经常把脖子从河沿伸进河里饮水，日子久了，他们的脖子变得溜细瘦长，男人的喉结就像拴在了一根麻绳上，喝水时，一股水就顺着食道汩汩流下，隔了一层薄膜似的。

四肢行走的人类满身是土，再不讲求体面。所有难以下咽的东西都下了肚子，肠胃一时受不了这样的煎熬拧成一团，把人也拧成一团，蜷成一只睡觉的猫。桌子上的灰尘落了很厚一层，再无人擦拭，大半圈扶手的太师椅把人的骨架架起来，直到人在椅子上再也坐不住，一下子从椅子上赿溜下来，再动弹不得。

周围全是呼吸声，后来呼吸声也越来越远，时间不知道是停止了还是过得太快，等不到白天还是看不见白天？院子里躺满了人，四仰八叉的，哭天抢地的时间已经过去，缠在心里的信仰再也感受不到涌动。窗子被风吹开，北墙上那副观音像早被一阵风撕扯着带走了。饥饿是最大的无助，找不到源头，也就找不到去处，即使找到了也去不了。时间成了最难熬的东西，也化作一阵热咕嘟的熏风，撕扯着人的衣服，把人折磨得不成样子。样子，已经过了多长时间了，没有力气走到屋门一侧的破镜子前照照，大约自己已经瘦得不能入眼了吧。

粪坑里不再潮湿，再没有一串声音问及多长时间没有下雨了，久了就忘了。西河水下落得吓人，人已经够不着水皮子，把脖子伸得吱嘎作响，舌头也伸出来，像个吊死鬼。干裂的嘴唇伸出一根没有血色的舌头，舌头上竟生了绿绿厚厚的青苔，人也变成了的食物。

村庄里开始有游魂晃荡，不知是人的幻觉还是现实。西边的天一会儿涨得黑紫，一会儿又红润如婴孩，人的眼窝塌了，眼珠子缩成一颗失去亮泽的白珍珠，空荡荡地嵌在眼窝里。土地冒出了幽幽的白烟，把昏倒在地上的人烫醒。天上已经落了几天的糠，厚厚地积在地上，人们醒来时，以为自己已入土了。糠没过了身体，于是双手撑在地上，支起身子，才发觉压在身上的不是土。人们终究没能搞清楚为什么落了那几天的糠，等人们稍微清醒过来，天又飘起了麸皮，漫天的麸皮把天弄得昏黄昏黄……总算是活了过来，正是飘了那几天的麸、糠，村庄里才有了点活气。

终究还是有人没能熬过这场饥荒，奶奶叹了口气说，等我拢回一箩筛麸、糠，把大门推开，见你老奶奶仍端坐在院当中的太师椅上。等我烙好了饼子拿给她吃时，她刚张开嘴，呕出一摊清水就断了气。

多少年之后，我不止一次地在这个村庄里寻找饥饿的影子，定了睛仔细看那些被饥饿折磨成鬼而后又活回来的人。多少个傍晚，我去串门，见到他们把食指送进嘴里，蘸了唾沫去捏拈遗落在桌上的饭粒。

冬里天黑早

冬里天黑得早，摸黑溜进家的时候，大人正端着碗筷撩开帘子出来。恰好发现了贴着墙根偷偷溜进来的我，嘴里嘟囔几句，似乎带着些气恼。我知道我又一次错过了饭点，天上刚洒下那无边无际的黑网时，村落里

第一辑 大野生香 Da ye sheng xiang

回荡着长长短短呼唤孩子的声音,那时候晚饭就已做好了……

黑夜是最好的遮蔽物,虽然那时候害怕黑夜,但每次它替我遮挡害怕时,就变得温柔妩媚了。就像是这个夜晚,我弓腰摸摸右脚的鞋和裤管,趁大人不注意,就像一条受了惊的花蛇,从门帘的一角跐溜一下钻进了屋里。

没必要担心晚上会饿肚子,刚收拾完碗筷的母亲进了灶房。我进屋之前,曾偷偷地溜进灶房,伸手摸了锅盖,是热的,灶膛底还忽闪着火星儿。母亲端了一只碗从南屋出来,我早已经规规矩矩地座了,桌上只有我自己。父亲吃完饭去给牛准备过冬的草料了,爷爷奶奶屋里的灯亮着,我想这时候爷爷一定在炉子旁喝茶,奶奶把一条腿蜷在床上戴着花镜做点针线活,母亲不一会儿就会把饭端来。果然,母亲一只脚娴熟地把门帘挑开,一手端了碗,一手拿着毛巾包裹馒头,我尽量把身子靠近桌沿,把腿伸到桌子底下。"一天就知道野跑,以后吃饭可不等你。"我伸了伸脖子,把嘴唇努到鼻尖上,冲母亲眨巴眨巴眼,似乎是在请求母亲的饶恕,且向母亲显示我没有做过比晚了饭点再大的过错。

黑夜的庇护只是暂时,我积攒了很久的披藏在夜里的东西,总能被母亲那双神秘而美丽的眼睛识破。就像今晚,感觉母亲那双眼睛总是在盯着我右腿裤管,我也就格外注意把右腿尽量隐藏在黑暗处。吃完饭,就赶紧溜进里屋,灯也不开。我想这更加会引起母亲的怀疑,又伸手拽一下灯线。母亲让我到外屋来,跟来串门的叔叔婶子说说话,我从里屋出来,连走路都歪歪扭扭的,生怕被人发现那个秘密。不用猜你们也会知道,围坐在圆桌边,我还是会把腿伸进桌底,深深的。那个夜晚可以说是极无聊的,来串门的人各自笼成一团,叽叽喳喳,活像枣树上一群没完没了的麻雀。快乐离开之后总是要付出些代价的,今天的代价就是这个无聊的夜晚,我的心思只在右腿裤管上,哪有工夫去仔细分辨他们说了些什么。

等长长的哈欠悄悄地挂在了人的嘴上，几滴清凉的泪被奢拉的眼皮挤出来，炉膛里的火就蔫了，茶碗里也不再蓄水了。即便是再有趣的话头儿也得斩断了，明天还有明天的事情，农人从不会预支生活和金钱，这并不是他们吝啬与小气，就像奶奶常说的：活得比树叶还要密。

趁母亲出去送嘴角上还挂着些意犹未尽的话头的邻里街坊，我便偷偷溜进屋里。在屋里能听见吱吱扭扭的掩门声，母亲用火锥捅炉膛时，炉渣扑扑簌簌砸落在炉底的声响。母亲喊我拉开里屋的灯，我极不情愿地伸手拽了一下灯线，屋里白亮如昼。外屋的灯也随之熄了。

我知道母亲进屋要给我脱鞋脱裤子，等母亲一进门，我便央求母亲，今晚我自己脱。母亲一定在为我要求自己脱衣服这件事而咂摸。我忙着去解鞋带，哪承想，把鞋带一拽，竟拽成了死扣，越弄越紧。母亲把被子铺好了，见我坐在炕沿上，一只鞋还没脱下来。就过来给我解，伸手一摸，右脚的棉鞋精湿，裤腿也是湿的，上面一股鱼腥味儿。母亲马上就知道原委了，因为这不是我初犯。"等把棉裤脱下来，看我不打你的屁股。"右腿的棉裤筒湿黏在腿上，费了好大劲才脱下来。"我让你去河沟摸鱼！让你再去！"母亲的手打在屁股上，我嘻嘻哈哈，溜进了被窝，脑袋没进被头，世界就静了。

灌满了污水的黑夜里，腮上点了青绿斑的三尾巴鱼在游晃，脚窝子里藏着鲫鱼，吐出一串珍珠似的气泡，打桥洞底下的石缝里摸出几只浑润如玉的蹦虾，旁边毛蟹立起那两只小眼睛，趁我不注意，横进了水里的乱石。

第二辑

雕花亲旧

烟瘾、愁和日子

从老爷爷那一辈开始，我家里的人就有了抽烟的癖好。老奶奶也抽烟呢！老奶奶抽烟是爷爷告诉我的，我没见过老爷爷老奶奶的面，说起来，爹也记不清他们的样子了。他们的模样多半是靠我的想象黏合了爷爷奶奶碎成瓣儿的话拼凑成的。爷爷的烟瘾大得很哩。他走了多少年了，夜里我还能梦见他瘦黑的影儿，缩在牛棚黑洞洞一角抽烟，一屋子烟遮去了他的脸。

庄稼地里的活都是靠人一点点做出来的，没有现在机器的帮忙。人就是一头拴在地里的牛，一年到头在地里摸爬滚打，爷们儿晒得黝黑，娘儿们也变得结实起来。一到了收庄稼的时候，家里人手不够，又要抢收。不管男女老幼就一齐上阵，忙起了地里的活。那时，我爷爷上身穿一件白小褂儿，把烟袋杆别在腰上，石上磨亮了镰，头上扣个草帽，肩搭一块手巾，就下地割麦去了。干活的间隙，爷爷从身后把烟杆抽出来，铜烟锅伸进烟布袋，拇指和食指捏住烟袋里烟锅，捏来捏去，掏出满满一锅烟。划了火柴，点在烟锅上，两腮凹了几凹，铜烟锅里开始泛红，嘴里喷出来一疙瘩一疙瘩烟。我两眼瞅着爷爷，爷爷乐呵呵地说抽烟既解乏又驱愁，我说烟味儿辣眼又呛人。爷爷笑而不语。

　　每次抽烟，都引来爷爷一长串咳嗽，他弓了腰，驼了背，又直起腰，抬起头，脸就憋成了紫茄子，嘴张着，往地上狠狠地吐了口浓痰。因好奇，便跟几个伙伴商量好，躲在阴暗的夹道里，学了爷爷的模样抽烟。烟是自造的，没爷爷那样玉石嘴黄铜锅的长烟袋，就学他卷烟抽。烟叶儿也没有，选个毒日头的天，打地里拾捡些酥脆枯干的棉花叶子，从树上旋下来的桐树枯叶也行，捂在手里揉搓成碎末儿，打演草本上撕下来几张纸，折了又折，割成约莫两指宽的纸条，碎末卷进纸条……抽不几口，便呛得泪眼婆娑，咳嗽连连，像被烟熏着的老鼠，从夹道里一溜烟逃出来，大发一番牢骚。

　　爷爷毕竟上了年纪，庄稼地里有些活干不了了。那年从地里拉回最后一车玉米，回家后爷爷说话就不利索了，嘴里哩哩啰啰，拖起了长音。爹给爷爷拿来了药，医生说，爷爷以后不能再抽烟了。爷爷不听，嘴好了，话能说清楚了，烟却没戒，反倒抽得更带劲儿了。爹不止一次劝爷爷把烟戒掉，又托我去劝爷爷，可爷爷谁的话也不听，屋子里仍是烟雾缭绕，呛鼻辣眼。爹跟爷爷说，孩子长大了，不能老跟着爷爷奶奶一起住，要我自己住一间屋，爷爷就不说话了。我执拗不去。后来就再没见爷爷在屋里抽过烟，有几次碰到爷爷躲在牛棚里抽烟……一天夜里，爷爷起来抽烟，把被单烧了个大窟窿，还有一次差点把草棚点着……

　　爹让我把爷爷的烟袋偷来给他。爷爷的烟袋一般都随身，我很难得逞。趁爷爷不注意，烟袋放在桌上，我瞅准时机就把烟袋摸走，给了爹。奇怪的是，爷爷竟没有声张。不抽烟的爷爷丢了魂，眼里黯淡得少了神，走路的步子也迟缓起来。过了些日子，我见爷爷又开始自己卷烟抽了，把我用过的演草本割成约莫两指宽的条条……

　　庄上的老周也嗜烟如命，缠了一身的病。听老周儿子说，老周早就跟儿子说，千万别逼他戒烟，这是他一生唯一的嗜好了。在老周最后的那些日子里，还能见他在大街上乐呵呵地从衣袋里摸出烟袋痛快地抽一

袋烟。原先，爹是不抽烟的，爷爷走之后，他也吧嗒吧嗒抽起来，劝过几次之后，他也说抽烟驱愁。每年年三十的傍晚，天还不太黑的时候，爹都会到爷爷的坟头走一趟，先点一支烟，竖在石碑前，又点一支，含在嘴里，吐个烟圈就开始絮叨起来泛黄旧事来，烟燃尽，话也说完。

后来我翻找东西时，在方桌后面条案上的一个麦乳精瓶子里找到了爷爷的烟袋，已拆成了三块，玉石嘴儿不那么鲜亮了，烟杆上起了一层青霉，黄铜烟锅已满是铜绿。怕爹看见，我紧抹了把泪，又把它藏了起来。

抖落一地青霉

过年就是一道坎儿，老人常这样说，到处撒欢的孩子却还没察觉坎的存在。

年前年后这段时间忙着把屋子打扫干净，也把安静扫出去了，屋里屋外便熙熙攘攘。偶尔能静坐在床沿上，好好享受从窗子里折进来的煦暖阳光，便感觉有无限的惬意。人一安静，思维就躁动了。眼睛瞄在哪里，触目就能让思绪大雪般飘忽纷纷。

破旧的褡裢挂在斑驳壁墙锈蚀的铁钉上，变成了一件空皮囊。在旧日子里面盛的糖果没了，见了这破旧的褡裢，那丝甜的味儿还隐隐地纠缠在心间。挂在褙褴旁的是一块旧镜子，被灰尘裹挟着，孤独丑陋得像个老人。镜子还是那块旧镜子，镜子的脸没变，映照在里面的脸却忽而一下变陌生了。

由喧嚣突然静下来的时候，屋子里死寂死寂。只有烧得通红的火炉里呼呼有声，声音就是生命的灵魂吗？如此说来，寂静便成了丢了魂儿的行尸走肉。我提起暖瓶，在玻璃杯中倒一杯热水，前后同是无色的杯子里却装满了水，热气腾腾的，搁久了就冷凉了，没了喧嚣蒸腾。凉就没有生命了吗？蹲在火炉前的马扎上，我猫着腰，袖了手，低着头，静听火声。噪寂、冷暖、静动……这些也许都是生死的影子。从静到动、由暖至冷、自噪终寂……想来都可看作一季轮回，如生命周遭时刻裹挟着细碎的怅惘。

日子郁凝成腕上的镯色，有着水墨画一样的柔晕。无名指上的戒指也镀上了一层古旧的釉，不小心就从瘦如柴草的指头上溜脱下来，也溜脱了温润，不知钻进了哪里，带走一段沉酿数年的旧忆。又是怅惘！总是在往来周折间拧转无尽，缠绕不休。

《圣经》里讲"神说，要有光，就有了光。"人不是神，却与神一样在寡淡的日子里需要"要"和"就"的调味。"要"就是欲，"就"便是"实现"。在看似简单的"要"和"就"之间，神一句话就可往来，而人却要走很长一段路，还不一定能到达。其间的路有多长？无人丈量，恐怕只有怅惘知道。

"狡兔死，走狗烹。飞鸟尽，良弓藏。"农人没了田亩，黑犁耙就斜挂在了院墙上，再无人问津。看似纯净无瑕的时间里也掺了酸碱，黑犁耙在飞逝的时光里日渐锈蚀，赭色的泪流尽了，怨愤也都变成赭色，一道道抹满了院墙。

寡淡久了，饭菜里就得添些咸味儿。如此想来，日子也同一日三餐相仿了，素淡久了便生厌，厌转成怅，怅化为烦，烦升为怒……流转轮回，永无止休。

我一直把英国诗人西格夫里·萨松那句"心有猛虎，细嗅蔷薇"当

第二辑 雕花絮旧

041

作一种至高的境界,这种境界唯有智者方可通达,而常人无法企及。每个人心中都怀揣着魔鬼,以盛装魔鬼的心去"细嗅蔷薇"便升腾成为至境、艺术、文明。这又是怎样的一种大调和。

我曾反复观看《古炉》后记的纪录片,里面有这样一句话让我记忆犹新:"我们放不下心的是在我们身上,除了仁义理智信外,同时也有着魔鬼,而魔鬼强悍,最易于放纵,只有物质之丰富,教育之普及,法制之健全,制度之完备,宗教之提升,才是人类自我控制的办法。"我想,"自我控制"都应该能做到,"细嗅蔷薇"则只能"心向往之"。虽不能至,无限趋近便成就了完美。

腐旧时光里因轮回而生怅惘,也因轮回而清馨缠绕。安静日子常有,思绪便常飞。在安静的生活罅隙里,突然就发觉时光竟像潮久了被褥,在阴暗的角落里抖落了一地青霉。

一个孤独的大年夜

多少个大年夜在焦灼的期盼中过去了,心里积了一年的干柴,平日舍不得烧,只在那天夜里付之一炬。那时候很早就开始盼年,焦灼团成了团，在心里滚过来推过去，跟大雪天里滚雪球似的，越滚越大，越滚越沉，直到心里再也装塞不下。终于到了年三十，夜幕徐徐降下来，周围黑压压的，那个膨胀亮白的雪球才被推下了悬崖，像那烟花炸响绽开在夜里。

那是一个特别的大年夜。傍晚没有鞭炮，天不黑就掩了大门，左一道闩右一道闩，中间挂了一道铁链，咬上了一把铁锁。隔着墙能听到外面起伏的鞭炮声，在四四方方的院落里能看到天上炸响的烟花。那个大年夜里是那么清醒，喧嚣的鞭炮声里能听到自己扑通扑通的心跳。眼睛盯着墙上的挂钟，钟摆晃得人头疼。夜晚在我这里从没有过得这样慢。初一早晨也不像往常一样起五更挨家挨户作揖拜年，等到天光大亮，拜年的人早就四散而去，才把门打开，年就在悄无声息中过完了。

在齐东那片庄子上有这样的风俗。若是家里有人去世，到了这年的年头，亡灵仍要回到家里的，所以这年三十不能放鞭炮，怕搅了魂灵。三十傍晚要早早闩门，东屋牛棚、南屋草棚、西屋火房、北屋卧室一应灯火都要早早熄灭。紧闭的大门要等翌日天大亮之后才能开。

那年，奶奶走了。我想象不出没有老人的大年夜，可心里仍旧盼着，一天一天地盼着，年在悄悄地接近。一进腊月，走在大街上，能碰见挓（zhā）挲着双手出来抽柴的女人，青蓝色的围裙扎在腰以上，上面涂抹了白面，这里一块那里一块。有人在门前摆了三块砖，支起一个简易的小灶，水壶就坐在上面，底下是一堆烧得噼里啪啦的棉柴。我家过年比人家慢了半拍似的，慢慢吞吞的，可我心里是那么的焦灼，生怕落在人家后面，好像年能被别人抢去似的，没人能体会我那时的心情。所以我才催着母亲赶紧去灶房蒸馒头，催着父亲快点去镇上赶集，催着自己拿起笤帚打扫院子。一进腊月，年味开始呛人了，日子也安上了轮子，骨碌碌往前滚，刹都刹不住。

我躲在屋里拆鞭炮，父亲跟我说今年三十不能放鞭炮，让人家笑话。

我嗯了一声，又低下了头，是那么的委屈，泪就像秋里早晨的露珠，圆咕噜的，大颗大颗滚下来。我不知道没有老人的大年夜怎样过，不知道没有鞭炮的除夕夜怎样过。也不清楚心里究竟是因为什么这么委屈，父亲见我落泪了，时间过去太久，我记不得当时的情形，只记得心里像堵了块石头，憋得难受。

年就这样来了，一如往常，天渐渐暗下来，我清楚地记得鞭炮声是怎样在这块土地上响起，一个个玉米秸捆儿怎样七岔八岔像篝柴似的堆在大街中央，熊熊的火光冲天燃烧。时间在我这里就这样慢下来，我似乎被这个世界推了出去，守一旁静观着齐东人如何过年，心情怎样随着鞭炮起伏的喧嚷被撩拨起来变作笑容挂在了脸上，又怎么手舞足蹈起来，完全忘记了自己的存在。鞭炮声渐隐渐退去了，耳朵里像灌了水，咕咚咕咚，再也听不见鞭炮声了。

天没黑下来，大门就掩上了，左一道闩右一道闩，中间挂了一道铁链，咬上了一把铁锁。有三两个顽童钻进胡同，打门前窜过，留一串细碎脚步的暗影在门缝里。鞭炮声也被关在了门外，被挤得稀稀拉拉。奶奶走了，也带走了年夜里许多烦琐却趣味横生的礼俗，年也随了奶奶去了，一切都变得那么简约。此前的暗影仍在后面荡悠，此时此地的年陌生极了，换了一张脸，我再不认识它。想奶奶了。

我一个人坐在床沿上，左边是被烟火烘亮的窗户。怎么能睡得着呢。炉膛被烧得透红，外面起大风了，要不火炉肚子里怎么呜呜哭似的响呢。我的那些伙伴呀，他们一定还没睡，在忙着拆爆竹么？在大街上野跑么？在奶奶的枕头底下摸布兜准备装明天讨来的糖果瓜子压岁钱么？天脆冷脆冷的，隔着墙，能听到西沟上的冰冻得吱吱嘎嘎响。窗户外面扑闪一亮，簌簌旋过几瓣雪花，毛茸茸的。雪也怕冷哩，跟人一样，也把自己裹得厚厚的，竟不知道寒冷就来自它们自身。我细数着静淌过眼前的分秒，干瘪的分秒。我拎了马扎，坐下守着炉子，能听见它在嘤嘤哭。在屋顶探出的烟囱口窜出的烟斜了吧，风大着呢。徐徐悠悠的烟在黑夜里看不真切了，傍晚时候是幽灵的颜色。窝在树头顶上的麻雀被鞭炮声吓跑了，恐怕现在还没回来。中堂上摆满了黑漆方桌的菜肴在昏暗的灯光下显得有些古旧，勾不起丝毫的食欲。从方桌后面那条书案上一溜酒盅里逸散到空气里的酒香有些醉人，酒盅间隔竖了几双黑筷子。方桌两边摆了两把太师椅，奶奶在的时候，说，大年夜里，老爷爷老奶奶要来家里，就坐在这两把太师椅上，一右一左。听了奶奶的话，我怎么也不敢靠近太师椅。那次竟把奶奶的话忘得一干二净，趴在太师椅上嬉闹时瞥见了奶奶那双割人的眼，我才从椅子上一跃而起，说："没事，老爷爷揽着我呢。"后面是一串笑。方桌中间香炉里的三支香燃剩了一半，我喜欢这种气味，感觉里面至少有一半的年味。香炉装满了麦粒，上面铺了层蛆虫似的香灰……

又是一阵急促的喧嚷。是天亮了么？炉子里的火早就灭了，它周身灰白铁青。我也被冻醒了。

我跟在母亲身后走到大门前，等她拨开门闩，拧开铁锁，抓着铁链一把拽开两扇大门，杂着火药味的阳光一下子扑在脸上，晃得人睁不开眼，我撩起手去挡，痛快地打了个喷嚏，才意识到这仅仅是过了一夜，一个大年夜。

多少年都过去了，我仍是那样焦灼地盼着大年夜，热情丝毫未减。可每年三十傍晚放完鞭炮，回屋里静坐下来的时候，我都会想起那个落雪的被冻醒的大年夜。它就像一把烙铁烙在心板上的焦印，一辈子也挥之不去。

熬冬

　　入冬的第一场雪，下得零零星星，老姑一直没能出门。刚及膝的几个孩子却早已在雪地里野跑，埋怨雪下得不带劲儿，就双手凑在嘴边，掊成喇叭形，冲天大喊。

　　冬天在老人的囊袋里显得那样漫长，尤其是在寒彻的乡下，更是如此。在孩子那里，冬天就像是伏在草澝里的蜥蜴，跐溜一下便销声匿迹。老人愈加静了，时间在静的状态里似乎走得更慢一点，就如大雪把老人围困在阴冷的旧宅子里，守着火炉把剩下的日子一分一秒细数着过。孩子却不，"两岸猿声啼不住，轻舟已过万重山"，好心情就像时间的助推剂似的，他们在雪地里野跑，时间也紧随了他们的步子，疾飞起来。

　　老姑住在不远处的村子，去年去探望她时，还耳聪目明，精神矍铄。转过年来，再次立在那扇黑漆大门前的时候，喊了良久，大门才吱扭一声缓缓打开。老姑挽了袖子，黑色的发卡别着一绺花白的头发，把我迎进屋。老姑正在洗衣裳，耳朵聋了，跟老姑说话得扯着嗓子把声音吊得老高。表哥说："平时跟你老姑说话嗓门大，一家人就跟打仗一样。隔着一道墙,说话的声响在胡同里听得一清二楚,在外人听来,还以为这家在打架呢……"说着说着,一家人就笑起来,老姑看见都笑了,她也笑,只是听不见我们在说什么,笑里也酸酸甜甜的。

耳朵老了,就聋了;眼睛老了,就看不清了;腿老了,就颤巍巍了……人老了,就开始贪恋跟亲旧在一块的时间。入了冬,乡下没有暖气,每家只能靠烧炭取暖。屋子老大,暖不过来,老人只能守着炉子忙活。年前年后这几天,在远处上班的孩子们都回来了,老姑也忙得带劲儿,好好享受一下一家人这难得的热闹气氛。一年来,孩子们都去忙自己的事情了,老人自己守着家,寸步不离。或许是没人陪着说话,老人的耳朵就聋起来,嘴也哼哼唧唧说话不清了。

乡下的冬天干冷干冷的,街上卷一阵风,天上飘一场雪,就把老姑封在了家里。早晨很晚才开门,傍晚未及天黑就早早把门掩了。隆冬,最是难熬的时候,人老了怕冷,从飘第一场雪起,老人就开始盼,盼着冬天早点过去。"期盼"在孩子那里不一样,老人这个词里含着多多少少的辛酸。剩下的日子少了,老姑怕熬不过去,就拄了拐棍,慢吞吞地挪移到大门前,大门虚开一条缝,老姑在门内张望……

冬天在老人那里成了一道坎儿。

跟老姑聊天,聊到村里某某又没熬过这个冬日,没等过年就没了,也有刚熬到年根子底下没了的……年总算过去了,老人欣喜,孩子怅惘。过了年,天就一天暖似一天,屋檐的冰凌也都松了,落下来,斜插在地上。冰冷呛鼻的年味也就日渐消弭,或许这就是老人与孩子各自欣喜与怅惘的缘由。

大街上又起了风,呜呜的,好像谁在哭,街上飞着碎纸片、塑料袋。老姑眼泪汪汪的,让我把手机号写在了一张褶皱的纸片上。临走时,我迈出门槛:"天冷,就送到这吧。"我把老姑留在了门槛后。

我在那条胡同里匆匆地走,不敢回头,怕老姑和我的眼泪又止不住。

无常

即便是身外一无所有,只要进入家乡的语言系统,那种亲切感就存在。

也许因为到了年根子底下,周围的气氛才渐渐紧张起来。就连那些似乎与世隔绝的人一样,也被周围这种氛围感染了似的,坐卧不宁。忙年都忙了些什么?说不清,道不明。只晓得时间在年前的忙乱中匆匆远去,事实证明时间并不是海绵里的水,不是想挤就能有的。回想过去的十年,脑袋里或许能有些零零碎碎的回忆,但架不住时间的熬。唯有记录,不停地记录。这次回老家,我找到了六本日记,时间是小学到初中,高中就中断了(高中保留的是几本零碎的杂记,散得很)。家里干冷,冷得透骨。大街上偶能零星见到几个人,各家的门大都虚开一条缝,来回过往的人能瞥见里面的忙碌。

生活真的是分时段的,且是明显的分割,棱角分明,每个时段就像一个囊袋,装着不一样的思考。反身回顾,仿佛就是在旁观别人的一段生活,那其实是自己的,年深日久,忘了而已。忘记是时间赋予人的一种特性,说不清好与坏。只知道该忘时要忘得一干二净,该记起时就要全部记起。令人苦恼的是,记忆往往不受人的控制,该记的忘了,该忘的却永存在大脑里。万般烦恼也就由此而生。或许是沉在一段生活里久了,累了,一回到另外一种生活模式中就会陷入静,陷入思,陷入怀疑和惆怅,这些大概是因为不适应,或是在生活里给了回忆和思考太多的罅隙,使得那些善于思维的细胞有了可乘之机。

生活的背后隐藏着太多的压力,最怕被人说破,说破在眼前是那样的尴尬。我想没有人会理解,即便是同属于一个年龄段的人也无法理解,更不用说是上一辈。总是在为自己寻找一条出口,寻找的途中弥漫的让人窒息的焦煳味儿,辣眼、呛鼻。

陪母亲一块儿去上坟,出了庄,土路改了道,我却不知。放眼望去,尽是被风吹干的棉花秆,斜在地里,根虚了,农人也不拔,说是吃碱。庄子西北角的废窑平了,种成了棉花。见不到日时的那棵老柳。枯黄的苇塘里露了底,水冻成块,煞白煞白的,苇捆子横三竖四在满是苇茬的塘底。

坟茔上起了一座新坟,坟土还是鲜的,与周围灰头土脸的坟不同,坟头上的幡还艳着。听庄上的人说,死去的是个孩子,比我稍大。仍在外面念书,因朋友结婚,在人家里贪了几杯酒,回家时就出了车祸。说起这事,人就叹口气,那家就只他一个娃呀……

生命无常,成了芜杂坟头的荒草。上坟不是一种迷信,该算是一种吊古的仪式吧,似乎谁也无法准确定义。一提起过去的那些年月,父亲常常懊悔,说每次下班回来,一见扒着垃圾桶捡破烂的老头就会想起爷爷。昨晚父亲回来时是夜里十二点半,跟我一直聊到两点,说那时给爷爷看病只花了五百块钱。因为救不了,挽回不了,那或许就是绝望的滋味,两眼肆泪,朝天干吼。

风大,坟前点着的黄纸呼呼有声,火苗转瞬即逝。生命的周期也就像了这火苗,去了的人已经去了,或者等人缓下步子时,就想起了凭吊。

碑顶"万古流芳"四个字只不过是人的一种期望,人一直在渴求着永恒,无奈坟会塌,碑石上的文字也会漫漶不清,星移斗转,再不懂得留存是什么,不敢奢求留存,也不敢谈"万古"。

或许只有在这静夜里,才够任这些在大脑里蓬勃,才足够静下来重新思考"永恒"这个词的定义。

写给母亲

人老了,总喜欢活在陈旧的记忆里,就像人老了不愿离开老宅,从不离开记忆半步。穿冬越夏,记忆也跟着老了,悄悄爬上了门槐树叶上的苍黄,打个旋儿悠悠地落在地上。

这些日子,母亲常常提起陈年旧事。扎着围裙,在案板上切菜时,给我念叨"你还记得什么什么吗"。蹲在马扎上,在搓板上揉着衣裳,沾满泡沫的手撩开溜在额头的花白头发,冷不丁说一句"你还想着那个时候不"……我开始佩服母亲的记忆力了,过去那些极小的事情,在母亲三言两语的描述里变得鲜活起来。哪年老槽叔家的黄牛被偷了,哪月你火炉爷家的狗仔一气下了十五个崽儿……母亲是老了吗?

母亲中等个头,一张圆脸,大眼睛。头发长时扎个辫子,头发短时就披散着。母亲只念过一年半小学,认得几个简单的字,还有自己、我和父亲的名字。我曾问过母亲,不认字会不会感到闷(好奇)。她说这有啥闷的,我不闷。我强求着她念书识字,翻箱倒柜找出小学时候破旧的课本,有时间就教她一句一句地念。"一去二三里,山村四五家,儿童六七个,八九十只花!"她手捧着书页发卷的课本,眼睛盯着书,一字一句跟我念起来。"前面几个我认识,'山村四五……'后面这个念啥?""念jiā。""我也觉得它像个'家'字,只是没认定它就是。倒是它认得我,我不记得它了。"母亲说小时候她也念过这些课文的,什么《猴子捞月亮》《小猫种鱼》,都是念过的,母亲尚能说出课文里的大体故事。母亲说,那时候家里弟兄姊妹多,哪有闲钱念书呢?念个一两年就回家帮着姥爷、姥娘拾掇地里的活儿了。每次教母亲念书,也没念几段,母亲就不念了,说哪的活儿还等着去做,做完再念。放下书本就走了。最后总是扔给我一句,"你和你爹能识文断字就行了,我再怎么下工夫也学不会了"。她说她是用力气来挣钱的,以前在地里滚爬,在馍馍房里打过零工,在纺织厂里落过纱,在矿泉水厂刷过水桶,干过的活儿可以在纸上列一串。

母亲盼着我能有出息。小时候,淘气的我没少惹她生气。当夏天只剩了尾巴,还未全溜走。树叶就开始落了,远处的山窝窝里隐隐有了秋色。奶奶念叨"天凉了,早晨门口的茅草叶上有了霜的影儿"。一番争执后,母亲终究没能拗过我,叹口气,把那条长裤扔在橱柜上。我仍穿着一条短裤上学了。傍晚回家的时候,见母亲仄在炕沿上抹泪,奶奶拧着眉坐在太师椅上。见了我蹦跳着回来,她抓起枕头边的笤帚,一手把我拉过去,抡起笤帚就要打我屁股……最近母亲常提起这事,那故事式的往事又鲜活在了眼前。那天,奶奶知道我是穿着短裤上学后,就埋怨母亲没照顾好我,母亲就哭起来。我走近炕沿去劝母亲,母亲仍是哭,我就忸怩到太师椅边拉奶奶的袖子,奶奶让我出去玩。我扔下书包,蹲在地上哭起来,奶奶一

下子从椅子上站起身，伸出枯枝似的食指，指着母亲一通说。我蹲在那里哭得更厉害了。其实，这不关母亲的事，是我不懂事，是我执拗，是我。事情过去后，还记得一天夜里，母亲在灯下给我缝裤子，我从被窝里探出脑袋来，给母亲解释，今天不是有意哭的，我控制不住。母亲伸手把我按进被窝，说："你不哭的话奶奶兴许也不会那样……夜深了，睡觉吧。"

一年级，期末考试我得了第一名。揪着奖状的一角，我兴奋地跑在风里，回到家，母亲见到北风里站在门槛外揪着奖状的我，忙扔掉手里的活，三步做两步跑到我跟前，拽着我的袖子半埋怨半怜惜地说，"你傻么？这么冷的天……"后来母亲时常提起这事，埋怨我当时不知道把奖状卷一卷，竟是一路捏着奖状迎着北风跑回了家。当时我怎么就那样傻呢？可我仍旧清楚当时母亲脸上的表情，一半怜惜，一半欣喜。

母亲虽不识字，但深知不识字的人走路有多难。考重点中学的时候，姥爷病倒了。母亲去照顾姥爷了，父亲陪我去那所学校考试。考试前，跟母亲通话，问姥爷怎样了。电话那边听见了母亲的笑，"好了，回家了"。就这五个字，我记得特别清楚。考完试，下午看了成绩，却是名落孙山。回到家，泪水直在眼眶里打转，父亲一句话不说。回头瞥见窗户阳台上母亲旧日穿的布鞋蒙了层白布，白生生，那样刺眼。父亲好像看出了我的心思，大手把我拉进里屋，悄悄地跟我说，姥爷的病没治好——走了。我明白父亲意思，心里一时说不出是什么滋味。母亲跟进了里屋，跟我说，她原本想让我安心考试的……前些日子地里的活忙不过来，姥爷又得了病，没在我身边照顾好我。母亲零零碎碎说完这些话，我从没觉得那么委屈，嘴角的肌肉颤抖起来，竟哭出声来。母亲也哭起来。父亲坐在椅子上，叹口气，说："这也没啥，拿钱咱也得去重点中学念书。去了咱再好好学，一个样儿"。仿佛过了好长时间，屋子里才平静下来，父亲的电话突然响了，模糊地看到父亲脸上露出了笑——因为录取线调整，我被划到了录取线以内。破涕为笑，皆大欢喜。

这辈子也忘不了北屋后的那间小屋，那个小院子，那片山楂林。四月提起裙裾，款着步子来了，暖风扑在脸上，换上了单衣单裤，立在门口，裤管就灌满了风。想是那片山楂林已满是花朵，一片素白了。远去高考很久了，我才有勇气这样冷静地把这些往事一一落成文字，任其汪洋恣意。高三，像一根魔杖，在我身上施了魔法，我如何也挣脱不开。深夜，宿舍里同学扔在打电话，我辗转反侧，床吱吱扭扭地响。夜里难以入睡，白天则昏昏沉沉，无精打采。父亲母亲在学校附近一个叫东景的村子租了一间房，我从宿舍搬到了东景村。房子落在房东家北屋后面，就像一个孩子依偎在老爷爷身边，显得十分矮小。墙皮剥蚀，四壁透风。整个院子倒是宽敞，院子里是几行冬枣树，一年却没见着冬枣的影儿。母亲在村子里一个矿泉水厂谋了一份工作，我白天上学，母亲在水厂干活；晚上我回家，母亲也回家。我不想让他们失望，晚上十点从学校回来，不肯睡觉，冬夜里，打开暖风，恶补数学、物理。小屋中间隔了一块布，父亲母亲住里面，我住外面。年前特别冷，手动得僵直，写着算着，笔杆子就从手里溜出来。两点了，该睡了——小心翼翼地起身，脚却麻了，一个趔趄，碰到了椅子。"咋还不睡？几点了？"是母亲朦胧的声音。"这就睡，才两点。"挪两步，扑倒在床上，囫囵倒下睡了。

年关一过，时间更紧了。一天天热起来，夏日蚊虫多，夜里点了蚊香，身上还是被叮得满是红包。那段日子，母亲养成了半夜起来逮蚊子的习惯，后来见墙上竟满是红点，细看，竟全是被拍死的蚊子。院墙周遭是一片山楂林，里面也杂种几株桃树。桃花开在山楂花之前。周末的傍晚，母亲忙完水厂里的活，回到那间小屋，天还没擦黑儿，胡乱吃几口饭后，便和我一道去那片桃林，桃树开花了，开得粉嫩嫩的。母亲站在一棵满树粉红的桃树跟前，桃花固然好看，照片上我却见母亲脸上有了老年斑，拈着桃枝的手枯干也没有血色。我意识到我在颤抖中按下了快门，后来把那张照片洗出来，不知是照片还是我的眼睛，总之，一片漫漶。

永远忘不掉那个发榜的午后,电脑屏幕上显示了我的分数——567。眼前似乎隔了一层朦胧的纸,眼睛好像倦了,再怎么努力睁大也看不清这个世界。焦急地等到日头落进西山,我不知道我该怎样面对母亲。我看不到自己的脸,想必是一脸蜡黄,浑身没了感觉。我记不太清当时母亲的反应了,她不紧不慢地走到晾衣绳跟前去取衣服了,或是端了炒勺去做菜,总之记不太清了。母亲没怎么惊讶,很平静的样子。我坚信时间会抹平一切,但是这需要时间,当下仍旧备受煎熬的。

那年九月,《山楂树之恋》上映,静秋和老三都在等那棵山楂树开花。而我却早已知道,那山楂树是要开白花的,要开得白灿灿的。

那段时间,夜里我一直在做同一个梦。梦见村头的那条坑洼得只能行人、行洋车的土路,我和母亲走在那条路上,一前一后、一后一前。梦里,我总是努力地睁眼看,却怎么也看不清母亲的脸。想起季羡林先生在望九之年写的散文《赋得永久的悔》中写到那句"现在我回忆起来,连母亲的面影都是迷离模糊的,没有一个清晰的轮廓",每次总是哭醒,醒来后,眼眶凉凉的,有点涩。

那条路上,孩子在母亲怀里,粉嘟嘟的嘴唇含着乳头,母亲抱着孩子缓了步子走着。孩子开始咿呀学语,刚会走路时,母亲走在孩子前面,脸对着脸儿,母亲双手拢成个大圆,护着孩子走路。孩子能走稳了,母亲仍走在前面,小手放进大手里,孩子打个趔趄,她拉着他在那条路上走。孩子踮着步,晃着身子慢慢赶上母亲了,孩子还曾问过母亲是她走得慢了呢,还是他走得快了。母亲笑笑,说他长大了。再后来,孩子就跑在了母亲前面,母亲只能挪着步子往前走,目送孩子前行。孩子停下来,转身看看远远落在他身后的母亲,她朝他笑笑,示意孩子不要顾她,走自己的路就行,能走多快走多快。孩子再扭头时,已看不到母亲的影子了,竟恐惧地大喊了几声,周身弥漫起了树林里的野气,鼻子突然有些酸。孩子回身,沿原路跑回去,见母亲正独自坐在路旁的石凳上,手按着石凳一角,眼睛仍盯着孩子远去的方向。孩子问母亲是不是累了,母亲说她终于信"岁月不饶人"这句老话了。我老了,可你正年轻,可以在大地上野跑。

孩子就是我,我就是梦里的那个孩子。

一直重复着那个梦,一直也没能忘掉那个梦,忘不了母亲是怎样在那条路上从我前面落在了后面,我又是怎样趁母亲不注意,跑在了母亲前面。母亲是老了吗?

我不想做一只断了线的风筝,在瓦蓝的苍穹里野飞,母亲只攥着断了的线头,悠然而落的线头徒留孤单岑寂。从口袋里摸出手机,拨通了母亲的号,等了好长时间,没人接。我静坐在这里写这篇文章的时候,母亲兴许刚从工厂里回家,简单嚼几口凉馒头,扒拉过几口剩菜,歪在炕上囫囵睡去了,也许这时睡得正熟。我挂了电话,心里空落落的。

背起书包,刚要出门,手机却响了——是母亲打来的。

罅隙间的回忆

每当高速运转的大脑渐渐平静下来,忙碌的双手也停下来舒展在口袋中,淡淡的回忆就像是晚霞悄悄晕满了脑海。疾驰飞去的时光丢给人

太多太多的记忆,在脑海中沉淀、沉淀,直到让你苍老得再也回忆不动,回忆不起。

从生活的罅隙处静想,我知道,故去的人仍旧希望活着的人好好活着。

逢年过节,父亲都会去奶奶的坟头看看,立在那里念叨几句。父亲说,这样心里踏实。父亲让我陪他去时,我总是摇摇头。在这以后,父亲去时便不再喊我了。我也就没再去过奶奶的坟头。我怕再陷入思念她的旋涡。时间就像是一块橡皮,你走得越远,纸上的铅笔画就越模糊。她的音容笑貌也就在我的脑海中渐渐淡去了。多少日夜中,也曾为记不起她的样子而懊恼不已。时常翻出那本厚厚的影集,仅有她的两张:一张是她和我在千佛山上的合影,另一张是全家福。这两张相片展在眼前,回忆就似落叶一般风一吹就扑簌簌拽了下来,风一吹就撒满了天。此时我再也看不清那枯蓝枯蓝的天,不知是那落叶,还是自己的眼泪遮住了视线。

那天,我独自一人走进了坟茔。我已经分辨不出哪一个是她的。周围添了新坟,秃了旧坟。旧坟上滋簇满疯草,新坟上却光秃秃的,翻上来的湿土泛着新鲜的味道。终于在一个小角落的石碑上看到了她的名字。凸起的坟头早已被雨水冲刷得坍圮不堪,雨水留下的痕迹仍旧很清晰。一生中,她只会写自己的名字,虽然识不了太多的字,却能通篇背下《三字经》、《百家姓》,这让我很是好奇。我立在她的坟前,竟为数年不曾来此看她懊恼起来……

关于她的记忆实在是太多太多,诚如母亲所说的:"这孩子打小跟着爷爷奶奶长大,一旦分开了,孩子就像掉了魂儿似的。"尘封的大门扭开了一条缝,撒进来一把细碎的阳光,一个人立在门前,上身穿着青灰色的土布褂子,裹腰蓝布裤,千层底布鞋,头上裹着淡灰色的头巾。从记忆中只能搜出这些模糊的影儿,记忆的录像被时光磨钝了。又是时间!

那双青筋突兀的枯手曾攥着我的小手走过村子每一个角落，那双干了一辈子农活的手是那么的有力，让我挣脱不掉，挣扎不开。有那双手攥着，童年中失去了好多自由，却让我在安暖的环境中成长起来，尽管当时的我还不懂。我好奇的还有她那双大脚，说起她的脚还有一段值得一提的故事。我看到和她一般大的女人都是小脚，走路都是颤颤巍巍的，她却是一双大脚。"我也绑过小脚，那时候的姊妹多，你姥娘（姥姥）拿着擀面杖赶着我们裹脚，还喊着'不裹脚，你嫁谁去？'执拗不过，便把脚趾折折在脚心，裹上紧紧的布条。夜里疼得睡不着觉，我就把长长的裹脚布拆了下来……后来你姥娘拗不过我，我这双脚就没裹成……解放后再也不让裹脚了……"每当提起这件事，她总是有种自豪感跃在脸上："我犯什么错误，那双大脚能追撵上我，而小脚的老婆婆却只能立在那里，看着跑得远远的我，徒然叹息。"

她喜欢和村里老人聊天，内容也只不过是些陈芝麻烂谷子、东家长李家短。我对她们的谈话极不感兴趣。揪着她的衣角，使劲打着趔趄，让她赶紧走。她站起身，意犹未尽的样子，和那人说："老嫂子，咱改天再说……这孩子……"嘟囔着，颤颤巍巍地被我拉着回家了。在纷繁却零碎的记忆中，她似乎一刻不停地在忙农活，或收拾院子，或拢一拢杂乱的柴草，或待弄一下院子。那时家里穷，一年到头没啥犒劳。有时，肚子饿了，就朝她大声哭嚷："吃馉馉（馒头），就盐盐（咸菜），不活（不干活）。"她放下手中的活，脸上露出好看的笑："不干活，哪来馉馉、盐盐？"后来，由于她叨叨这句话，村里人便经常拿这句话逗我，一时间这句话竟成了村里人们争相传送的一句话，也成了我童年时候最值得"称道"的一句话，现在细细琢磨这句话还觉着它颇具韵味。

童年的美好就是从上学之后切断的。每天和她待在一起的时间就短了。

每天晚上放学回家，天还没有完全黑下来。走进村子，就看到她坐

在胡同口的磨盘上,我知道她是在等我。我跑回家里,扔下书包,又跑出来,和她一起坐在磨盘上,她还在等,等串乡(卖面条)未归的父亲。天渐渐黑下来,藏在砖缝瓦砾间的鸣虫儿也拖起了长音,蝙蝠的黑影出没在黑夜里,时不时发出叽叽吱吱的叫声。等她站起身,天就完全黑了。我也从磨盘上站起来,朝着她望的方向看去,见远处公路上有一盏晕黄灯正朝这边缓缓移动。那便是父亲了。不多时候,父亲就到了近前。街上已没了人,即使有行人也看不到了。她颤巍巍地跟在摩托车的后面,佝偻着腰,撅着腚,把父亲的摩托车推上了胡同口的斜坡。等那晕黄的灯影漫漶在胡同黑深处,吱吱扭扭的关门声就把喧闹了一天的村庄掩进了黑夜。

岑寂的夜里只有爷爷和她言语,话题也多是些庄稼地里的事情。啥时候麦收啊,啥时候收瓜啊,啥时候栽苗啊。再就是今年的收成会啥样。在语声中,沉沉睡意的浪头把我卷入梦中……

小时候的早晨是温馨的。每当睁开蒙眬的睡眼,爷爷就背靠马扎,抄着手,靠在床沿上,眯着眼打盹儿。她一条腿侧在炕上,歪着身子喊我起床。隆冬,天寒,早晨窝在被窝里不想起床。爷爷挑了帘子进屋来,把铲了一早晨雪的手伸到被窝里——睡意全消。奶奶则在一旁嘟囔着:"你不睡觉,还不让孩子睡啊!快去用热水烫烫手……"

在恬静的小溪中也有时有起伏的波澜。长大的我再也不愿意受她的束缚,她那双突兀的手再也没有力气将我攮住,我"自由"了,以至于自由到疯狂。

那是个下雨天,村里有人故去了,泥泞的路上拖着拖得长长的丧队,哭声夹杂着风雨声,对着狂舞的柳枝怒号着。纸马、纸轿在狂风中熊熊燃着,就像一个在黑云下站立的魔鬼,青面獠牙,不久就化作一团黑泥。出于好奇,和我一块儿看热闹的孩子跑去灰烬旁捡没有烧透的彩纸,我也捡了不少。她是一个封建的妇女,封建思想充斥着她的脑子。眼前的场景她是看不下去的——这是对死去亡灵的不敬,这样是会遭报应的。她就在雨中沿着长长的丧队追我,她怎么可能追得上? 我攥着手中捡的厚厚一摞彩纸,回过头看到她双手撑着膝盖,弓着腰,重重地喘粗气,头发濡湿,粘在额上……回到家,我感冒了,高烧不退。她说这是亡灵恼怒了。对于这些,她自有一套法子,村里的孩子有个长病生灾的都去找她。人们管这个法子叫"叫魂儿",意思是把亡灵带走孩子的魂儿再招回来。翌日清晨,我醒来后,发现枕头比以前高了许多,硌得脖子疼。掀开枕头一看,枕头下是堆叠的一双布鞋。奇怪的是,我的病第二天就好了。

不管我怎样放任,怎样不听话,她都尽她的努力护着我。直到她老的再也挪不动半步。

夏天是童年的传奇。她说:"夏天是孩子长得最快的时候。"曾从书上看到过,晚上梦到自己飞起来,那就是在长身体。那时候的确经常做这样的梦,梦到我的双脚一蹬地,身子就轻飘飘地飞起来了,在天空中看到了那个年代我所憧憬的一切。

每逢夏天,庄户人家为了麦子能有个好收成,就白天黑夜地抢着给麦子浇水。那几年也确实旱,眼见着麦子将收,地里旱的摸不到一点湿土。麦收之前让麦子喝饱水才能粒大饱满,产量高。为此麦收之前要再浇一次水。那时节,为了抢水人们就忙坏了。西边大干沟里的水快用光了。一根根挤得密密的管子伸到了沟里,沟里的水位眼看着下降,隆隆的机器声响彻两岸。人们忙得连晌午饭都顾不上吃了,家里有老人的心疼孩子,就在家里烙了菜饼子,水壶打满水,放在篮子里。她们裹着头巾,把篮子挎在臂上。领着家里的毛孩子去地头送饭。这成了村里一道独特的风景。人们都半蹲在地头,手拿馒头,夹上咸菜,时不时还拎起水壶喝几口水。炎炎烈日下,百忙之中能吃上这样一顿饭,甘甜自然是不言而喻的。我经常跟她一起去给爹娘送饭,她牵着我的小手,我一蹦一跳地跟在身后……到地头上,和爹娘一块儿吃饭——我不喜欢在家里吃,

在家里吃得太没有诗意。在这里多好，看着泛黄的麦田，吹着野风。吃起饭来也有胃口。她就说了："这孩子啥好东西也不稀罕，就认馍馍、咸菜、白开水。"旁边的海大爷听到这就搭腔了："我说老婶子，你那孙子不是说了嘛，'吃饽饽，就盐盐，不活嘛'，哈哈哈……"说完之后就咧着大嘴笑了。"海大哥，吃了饭没？来吃点吧！"父亲朝着大笑的海大爷喊去。海大爷真的放下了铁锨，走了过来。我看不惯他这样取笑人，见他过来了，就躲到一边自己玩去了。

不过在农村，这样的情景随处可见。我小时候就是吃百家饭长大，到谁家恰逢饭点，就毫不客气地入座。人家也喜欢，"看着孩子长得虎头虎脑的，多吃点，看你婶子我做的饭好吃不？"有村里的小孩来我们家，她也会拿出点心、饼干给孩子吃。如果世界真的要变成大同社会的话，农村是一定要走在前面的。因为有她这样的人本就深植于农村，成了乡下的魂。

回忆是短暂的，短暂中却又是那样冗长。人生中会有多长时间用来回忆过去呢？忙不完的活，做不尽的事，让你无法自拔。人生的坐标上会有几段小区间让你沉在回忆中，陶醉在回忆中，甚至让你开始回避现实，沉溺过去。

回忆也会上瘾的。

渐渐地，缓缓地，在大脑中构建起了一座属于回忆的老屋，时常在其中漫步，细细咂着过去，品到曾经感受到的每一丝温馨。因为过去你曾经童话地生活过，可如今，那些所谓的童话色早已退尽，一去不返了。

老狗

　　顶着绵绵秋雨,我回到家,见那老椿树的叶儿已经微微泛黄,却仍能看到它盛夏时节疯长的身影。被雨水冲刷的石榴树叶青翠欲滴,院里满是枯枝败叶。我特意走到石榴树跟前看了看那抔隆起的土堆。

　　回忆中似乎哪里都有老狗的身影。从童年,再熬过苦窗十年,直至今天。那条老狗时常跟在我的身后,摇着尾巴。如今,我回到老家,老家里的角角落落都曾留过它的影子。我仍旧影影绰绰地感觉到身后有它跟着,可是一回头,空空如也,悲悯之情油然而生。而今它已经被埋在了小院花池中的石榴树下。

　　立秋刚过,石榴树上的那抹红已经看不到了,也不见了往日的落红满院。秋雨淅淅沥沥下个不停,秋雨如牛毛,老天也许是吝惜这点雨水,嘀嘀嗒嗒要连绵上几天。青翠的石榴树叶儿扑人眉宇,泛着青的石榴坠在枝头,绿色溢满了院子。假若没有这棵石榴树,小院子该是多么空荡!石榴树枝随风摇摆,凌乱得让回忆缠成了一团乱麻。就如母亲所说:"石榴树正摇摆,兴许是老狗看见你回来了。"我宁愿相信这是真的,奢望着

能够早见到它已逝去不见的身影。小小的花池中隆起了一个土堆，那就是它的坟冢了，雨水轻轻摸索着树叶，就像是老人用那双枯燥的手摩挲着顽童的头，霎时间汇成一股清流漫过池沿涌开去了。

买回这条狗的时候刚盖完了房子（一九九七年），父亲从三合村花了一百块钱买回了一条小狗，我还清楚地记得它刚被买回来的样子，也就是普通折叠伞那样长，黑色，四条腿颤着，似乎支不起胖乎乎的身子。从此它成了我的玩伴，童年也因为它的闯入增添了不少乐趣。那时也爱那些猫儿狗儿之类的小动物，也经常对着它们说些话，那也许是童心的寄托，而这些大人们不懂。

不知道我家为啥喂不住猫。那时候家里的老鼠多，时常糟蹋囤积在屋里的粮食，也喂过几只猫，可频频死去。以后就索性不养了。随手翻看以前的日记，还时常能看到几篇记叙当时心情的文章，现在看来，颇为有趣。这条狗却健健康康地成长起来，后来成了村子里最长寿的狗，这一点令我颇为自豪。

那时候奶奶还在，时常念叨着："这条狗是咱家的忠臣，可要好好待它。"如今已物是人非，奶奶爷爷也都相继去世了。我那早已模糊的童年也就随着他们的离去而不知跑哪里去了。

如今我不愿再回家，不愿看到村里人那熟悉的面孔，尽管我打心眼里渴望见到那一张张质朴亲切的脸。

家里就只剩了这条老狗。

每次回到家，立于大门前，一只黑色的鼻子从门缝中探出，它嘴里啾啾地拖着凄凉的叫声。打开锁，推开门，它就围着我蹦跳着，翘起前身扑着我的衣服，尾随在身后。筺箩里硬邦邦的干粮还散在那里，晕满了灰色的毛。大盆里弥漫了青苔似的水藻。依偎在灶房边的老椿树似乎疯了一般，满树枝芽乱杈。如今已秋，可微微泛黄的树叶还没开始掉落。老椿树蓬乱的头发遮住了整个院子。细碎的阳光筛到地上，一阵风吹来，地上斑驳得晃人眼,幽幽小院,荫深古雅。看到眼前的景象,才明白词中"庭院深深深几许"中用"深"字形容庭院的确是确切得很,除了这个再没有其他字来描述眼前之景。每次离开家,它竟老老实实地停住在门前,我走出了大门,夕阳照过来,透过门缝,照到了它那双眼睛上,是那样惨淡、凄迷。我竟又推开门,让夕阳洒满地,跑过去搂住老狗亲亲它的额头,我不敢再看那双眼睛。提着行李走出门外,"嘎巴"一声锁上大门,我飞快地离开了家。

　　以后,我却再没有鼓起勇气去正视那双眼睛。可它却时常出现在我的梦中,安静时的回忆里,生活的罅隙间,竟愈久愈清晰,直到让我难以入眠。

　　母亲随我来到了这陌生的城市,一间小屋,一个小院。父亲早就调到这里,家里没了人。大门一锁,就把老狗锁在了这深院。记得和母亲离开家的时候,身后纠缠的是那孩子般啾啾的哭号。父亲买回了晒干的干粮,搓碎后盛在笸箩里,院中放了一口大盆,里面放满了水,老狗就这样残羹冷食熬着日子。它已经在这深院活了十几年了,我曾听村里人说狗的寿限也就是十多年,如今这样算来,这狗也是鹤龄了。我难以想象,一位苍苍老者独自在这深院中如何度日。深深的愧疚便袭上心头,久久不能安定。每念及此,这回忆就伴随着失意让我陷入沉思难以自拔。这像翻过去的书页,愈久愈不敢翻动。我总是奢望着静静流淌的时间能给我解决这个问题,揉碎这凄凉的回忆。可这老狗的身影却一直伴在我左右,梦中、回忆、生活的缝隙,它无孔不入,渗透在我回忆里的角角落落。

　　母亲经常说:"家里没人了,可有这条狗在家就有个声响,也就放心些。"如今,老狗已经没了。那天清晨,父亲的手机响了。是老家邻居大娘打来的电话,说家里没了动静。我就知道老狗去了。母亲那天早晨就回家了,可我没回去。后来我只是从母亲的口中涂抹成了这些模糊

的影子。

老狗躺在了东屋里，以前的牛棚。也许是它真的老了，笸箩里揉碎的干粮长满了灰色的毛，大盆里弥漫了青苔似的水藻。母亲就在石榴树下用铁锨挖了一个坑，埋了。

今天我又回到了家里，看到了那隆起的土堆，青翠欲滴的石榴树叶，疯了似的老椿树。一切都不像原来，可老屋的精气神还在，院子里满是老狗的身影，冥冥之中还能够听到老狗啾啾的声音。独自在院子里踱步，影影绰绰感觉到身后有它跟着，猛一回头，却空空如也，悲悯之情油然而生。我极力在脑海中搜索那段离家的回忆，也许那时的我正日日夜夜在书山题海中，而老狗正在这深院啾啾……多少难熬的日夜都飞梭一样地掠过去了，我走过来，可老狗却去了。我实在懊悔当初的选择，让老狗独自守在这深院中，刺心苦楚涌上心头……

这场秋雨不知何时才能收场。衣衫已经被这绵绵秋雨浸湿，我却不曾察觉。独自踱在院中，凄迷在眼前的仍旧是这隆起的土堆，青翠欲滴的石榴树叶，疯了似的老椿树……

第三辑

人间草木

石榴记

该是吃石榴的时候了吧。

学校门前的水果摊上多摆出了几个石榴,秋天清冷的早晨很少有人来水果摊,即便是有,也多是关注葡萄、苹果、梨,摆在那里的几个红透的石榴无人问津。石榴刚下枝吧,绯红的石榴皮沾着秋天的清冷。

关于石榴的记忆实在是太多太杂了。在老家的院子里,有一棵石榴树。院子窄小,祖父却辟出一块土地,翻土经营成一块花池。院子本来就小,又多一花池,院子里显得很拥挤。祖父常说,院子即便是再小,也得植些花草,院子才有生气。花池周遭青砖围磊,从邻居家移来几株月季,倒有些趣味了。院子里只这一种花,未免太单调。村人串门到我家,见祖父辟出的小花池,每次来都带几粒种子过来。

听祖父说,石榴树是从一个串乡卖树苗的老头那里买来的,这株石榴树刚买进来的时候,孱弱得很,枝叶疏朗,根茎窄细。卖树苗的老头刚从集市上回来,洋车后面的树苗已经卖得差不多了,筐里剩下几株挑剩没人要的树苗。祖父见到石榴树苗,想起他年轻时候在队里干活,老铁家有一株石榴,秋天,老铁摘了石榴总是塞几个到自己怀里。那时候,石榴可是件稀罕物哝。老铁家的石榴是酸石榴,吃到嘴里倒牙,酸得孩子挤眉弄眼的。祖父说,买来的这株石榴苗是甜石榴。买来的树苗栽在哪里呢? 小小的花池已经装满了,月季、指甲桃、兰花……小院里没有闲置的地方了。最后,祖父还是把石榴树栽到了花池里。石榴树在花池的正中间。孤树一枝。这株石榴树并没有给老宅子留下一朵火红的记忆。没过几年,要盖新房了,北屋、西屋、大门,都要重新修葺。在北屋前面的花池也遭殃了,里面的月季、指甲桃经不起折腾,没过多久就扑倒在地,香销玉殒。祖父生怕那株石榴树也被破坏,在它周围用棉柴围起了栅栏,隔不几天就给它浇水。新房盖好的时候,花池里已是一片狼藉,松软的土壤盖上了斑斑点点的水泥,花池里不见了嫣红碧绿,光秃秃的,只剩了中间的栅栏。

祖父重新开始侍弄花池,里面的花都没有了。石榴树还在,不知死活。隆冬季节,看不出植物是否有生命,得等春天。石榴树还活着,祖父指着手里的一根枯树枝说,折断的地方泛着枯绿,这枯绿憋了一冬了吧,就等气候一到,怒满枝头。

石榴还活着,吐芽了。起初是茵茵的绿,叶儿小心翼翼地舒展着,生怕被人发现似的。住上新房的第一年,石榴树让全家空欢喜了一场,只树叶儿疯狂地漫满了树枝,虽开过几朵花,经风一吹,早晨落了满地,枝头上一个骨朵也没剩下。祖父说第一年开的都是谎花。谎花,花也会说谎哩,可是花并没有说,开给人一个谎言,只不过是人期望它背后的果实。后来花落了,落了满地,谎言败露,强塞给人一肚子空虚,满口嗟叹——本想着今年能吃上石榴的。

后来读了点书,见小说、散文中写美丽的姑娘时总有石榴的影子,美丽姑娘的牙齿是"榴齿",细想起来,再没有比这比喻更恰当的了。石榴多籽,古诗词中多用这个典故祝福人多子多福,《红楼梦》里有"榴花深处照宫闱"写元春的诗词。另外,其中还有"呆香菱情解石榴裙"一

节,石榴裙是怎样一种服饰? 后来才知道,石榴裙是唐代年轻女子的时髦衣服。唐人万楚"眉黛夺将萱草色,红裙妒杀石榴花"的诗句正是讲石榴裙在当时受欢迎的程度。

转过年来,花池里的石榴树开花了。红彤彤绽满树,红灯笼似的。八月十五一过,青色的石榴经霜一打,开始沁出微微的红色。祖父说,去年石榴肯定是在拼命地往下扎根哩,憋足了劲儿,好在今年长石榴。果不出祖父所料,谎花落后,坐住了几个石榴花骨朵,肚子鼓得圆圆的,屁股上通红的花瓣已经凋落了。树上坐住的石榴很多,今年怕是要结很多石榴吧。这棵石榴树憋了多少劲儿啊! 一天早晨,见祖父立在石榴树下,正在摘树上鼓鼓的小石榴。祖父见我惊讶的表情,不紧不慢地跟我解释:石榴第一年憋得劲儿很足,坐住了不少果子,若是第一年就任它结果,会把石榴树累死的。人不能太贪,"月满则亏,水满则溢"这个道理恐怕谁都明白,只是把握不住就是了。这让我想起了大爷爷家也在院子里栽过一株石榴,移栽过来的第一年,小小的石榴树上竟坠了十几个石榴。喜得大爷爷合不拢嘴,心说这是株勤树,指不定以后要结多少石榴哩。秋底,摘完石榴,院子里落了一场冷霜,石榴树叶儿就泛黄了,过了一个冬天,万物睡去。转过年来,蝴蝶扑扇着翅膀一上一下地来了,蜜蜂也嗡嗡嘤嘤地来了,石榴树却不见动静,枯色的树枝仍是去年秋天刚落完枯叶的样子。大爷爷在树上折了一段枯树枝,没见到枯绿色。大爷爷傻眼了,柜子里还留着去年剩的几个石榴。

这时,也只有看的份儿,石榴籽儿还没充起来,我曾偷偷地摘过一个泛青的石榴,费半天力气打开一看,里面尽是些乳白枯瘪的石榴籽儿。

天气开始转凉了,几场秋霜过后,石榴就像枫叶一样,红透了。落过几场零星的秋雨,缀在树枝上的石榴咧开了嘴,再也合拢不上。石榴鼓胀着,枝条弯成一张弓。祖父说,你瞧石榴把嘴咧成了什么样子。这时,石榴叶儿成了配角,映衬着通红的石榴。石榴裂开口子,露出紫红裹白的石榴籽儿。杨万里的诗句:"半含笑里清冰齿,忽绽银边古锦囊。露壳作房珠作骨,水晶为粒玉为浆。"确是极妙的比喻了。

村里人家都喜欢在院子里种石榴,有的人家种两棵石榴,一酸一甜。给人家送甜石榴,人家为了还人情,就给我家送两个酸石榴。交换酸甜,变成了一种乐趣,几近理想大同的庄稼户,总能在这些细枝末节中中寻找到人生的趣味。日子不能只甜,总得酸甜交加,才趣味横生。这就是农人们最朴素的人生哲学。

石榴的保质期很长,那些经风过雨而不开裂的石榴。祖父总是摘下来,裹在一个蓝头帕里,放进床沿上的一只木柜里。日子长了,也就淡忘了。逢年过节,家里来亲戚,祖父手里便托着俩石榴从里屋出来。从不一次尝尽酸甜,把酸甜压在箱子地下,过久了寡淡的日子,再拿出箱底的石榴时,还能掀起一场酸甜的波澜。这就是他们那一辈所追求的生活方式吧。

家里人吃石榴是不吐籽儿的。

听祖父说,石榴浑身是宝。籽儿能活食养胃,皮可以泡茶败火。双手把石榴按在膝上,使劲掰开,玛瑙一般晶莹剔透的石榴籽儿滚进掌心,一把捂进嘴里,以尽大快朵颐之乐。

离开老家很久了,走在大街上,见水果摊上摆了石榴,遂将这些零零碎碎的记忆泛起。老宅子里的那棵石榴树恐怕已经疯了吧,去年回家,推开大门,见它枝叶乱乱蓬蓬伸展了满院,上面结了不少石榴,却大都被蚊虫所蛀,地上莹莹纷纷落了一地黑色粉末。祖父走了很多年了,石榴树无人侍弄。看家的老狗死了,也把它埋在了石榴树下。也许石榴染了老狗的魂儿,就疯了。让老狗独自看家,残羹剩饭,恐怕老狗临走之前就已经疯了。

我想,那株无人陪伴的石榴树也疯了吧。经风一吹,结的果子砸在地上,一声脆响——只剩了空壳。

雾雨雪散记

雾

初冬早晨,天还感觉不到多冷。似乎还不具备冬天的属性,尽管日历上画着一朵六瓣雪花的立冬一页刚撕下不久,人仍旧陷在深秋里没拔出身子。

一个凉飕飕的夜晚过去后,翌日清晨,推开被露浸凉的木格窗子,一疙瘩一疙瘩的雾突然涌了进来,像个还不会走路的娃一个趔趄扑进你怀里,让你又是爱又是怜。窗外白茫茫的雾气流动着,真让人忍不住要出去看看。

大雾就像黑夜一般,掖藏着人深埋在心里的心事。散落在路旁的柴火堆漉湿漉湿的,见那黧黑腐旧,便感慨古人那句"拣尽寒枝不肯栖"确是写得精妙,柴堆被时光抽成了雾天的一个黑窟窿。雾气在调和着世界的温凉,路旁堆放的柴火越发黑了,屋顶的瓦更显涩青古旧,河岸上的枯草越显苍凉……大雾中,万物清晰了各自的颜色,深藏着心底的一份温凉。雾气遮去了害羞人的脸面,销蚀了生怕袒露于青天白日下的羞涩。

　　孩子是最喜欢这雾天的,睁着溜圆的大眼睛愣看着四周的雾气,心里似乎有些胆怯。这同古人在天地伊始时,面对天地"混沌如鸡子"时一样心情吧?爱玩的天性会让他们抹去对自然未知的恐惧。几个刚换上冬衣的孩子就在大雾里追逐起来,或许他们决定了接下来要玩什么游戏,其他孩子四散开去,掩进了雾里,老槐下只剩一个在大声数数的孩子。"一、二、三、四……"周围没有任何聒噪,只有这数数的声音在大地上响着。这样的大雾,根本用不着躲藏,只离开那棵老槐树五六步就再也看不清那棵老槐了。孩子知道,自己只要看不见那棵老槐,老槐下的人也就看不到自己。随着雾气渐稀,孩子们的兴致也渐渐稀了。直到阳光变成一枚枚金色的绣花针刺透这茫茫大雾,狠狠地扎到土地上,整个世界一切的神秘都散尽了,世界裸露成了直白,像极一张白纸,简单到让你心疼。

　　雾似乎是上天为人类特意制作的虚构,让揣着小心思的人也出来走走,抹去怕在青天白日里被毒辣阳光灼伤的虚荣。

雨

　　雨最好在深秋子夜落下,这样,雨的意味不至于逸散太多。

　　夜雨就像是一位须发花白的老者奏出的一支玄妙的曲子。只有到一定的年龄才能体会到夜雨的意蕴。雨中藏着人的心事,假若此时雨正淅沥,人只要一揣想心事,雨声就一定入耳,把自己从现实拉入雨中,淋个精透。整个世界就尽是雨声了。雨点敲打着倒置在檐下的铁皮水筲,敲着久蓄积成的水洼……仿佛周围一切都在和着自己心绪的拍子。点点滴滴的雨唤醒了院子里的锅碗瓢盆。夜雨,无虫鸣,怕是藏在墙缝砖

第三辑　人间草木

071

隙里的促织被雨吓噤了声,也躲在了一处,静静悄悄地寻觅着藏匿在雨声中的神秘。仅几只老蝉就抖落了一地的凄凉,那一两声凄清与洞箫发出的声响似有相通之处,像极嫠妇夜里的呜咽。

虚空得就像只空布口袋的雨夜,自有了蛙声之后,饱胀得让人联想到即将分娩的妇女的乳房。夏天雨夜里蛙声最凶,合着雨夜的拍子,像极起伏的潮水,越涌越远。你并不知道这声音的源头来自哪里,你只需在岸上一跺脚,潜藏在河两岸草丛里的青蛙就像土坷垃一样,一块块扑通扑通投进水里,冒几个水泡,再也寻不见它们的影儿。

记得某秋夜雨,读《红楼梦》至黛玉《秋窗风雨夕》一处,爱不释手,感慨一卷古风如此写法竟丝毫不显累赘。读前两句"秋花惨淡秋草黄,耿耿秋灯秋夜长",便觉下面再难写出含"秋"字的好句。读至最后,掰着手指一数,竟有十几处"秋"字,只能嫉妒得徒留一声感慨长叹了。

告别了无忧的童年,当自己第一次为前途而惆怅时,也许窗外正滴着雨。那雨声就像鸦片一样,耳膜颤抖着,精神异常兴奋,一点睡意都不会有。雨夜中沉思是会让人上瘾的,欲罢不能。偶扑过来一阵风,角落的蛛网抖了抖,散在上面的水珠变得更匀了。

雪

冬比秋更让人入静。雪比雨更能藏掖人的记忆。

冬天村里常飘起的鹅毛大雪,现在如何也盼不来了。冬里大街上少行人,偶见几个也只是被冻得抖抖索索裹紧衣裳匆忙赶路的行人,这种天气村人绝不在大街上游荡。动物冬眠,人也一样,只不过人在自己的屋子里,动物在穴里罢了。炉火烧得正旺,脑子清醒着,一年里也就是这个时候能静下来想些事情。农人极讨厌这段时间,这些被寒冷冻碎的日子似乎是虚度了，没耕田，没做买卖，没……只在这暖和的屋子里枯坐着，人最怕静下来，分分秒秒地听着挂在墙壁上的时间的流淌。这是一种愧疚，土里土气的愧疚。

夜里，大雪压断树枝的声响让人难以入睡，索性把脸侧向窗子，睁着眼，看大雪如何把院子装满。

我自幼身体孱弱，尤其冬日，晚上怕凉。夜里睡觉前，祖母抄着手，先在我的被窝上坐一会儿，等被子焐热了，我才钻进去。我记得，是祖母的体温藏在被窝里，暖着我睡去了九十年代的几个寒冬。

藏在冬天里的记忆很多，也很杂。记得祖母常攥着我的小手，去那间久得就要坍坯（pǐ）的土坯房，里面住着一位白发老婆婆。早年死了丈夫，前几年儿子因车祸死去，屋里只剩了她一个人，她就没日没夜地哭，哭得两只眼睛像两个鼓出的大水泡似的。后来，那两只眼睛就瞎了，起初还能见模糊的影儿，最后眼前一抹黑，啥也看不见了。祖母待她好，两人好得就像亲姐妹似的。年轻时候，两人一块儿从邻村嫁到了这里，串门帮闲，两人的关系愈加近了。

那间房里只剩了老婆婆一人，自从老婆婆失明后，祖母几乎是每天都往那间土房里跑，给她做饭，拾掇家什。我每次去，祖母总让我立在她床沿前，让老婆婆摸摸。起初我怯怯地走过去，让她摸。她那双老朽干瘦的手就像砂纸一样。从头发一直摸到脚跟。褶皱的脸上能看得出是挂着笑纹。

后来，祖母年迈，出不得门。就遣我去她那边去看，我也乐意去她那儿。也是个大雪天，怎么推躺在床上的老婆婆也不应声了。村里人凑了几个钱，把她葬了，葬礼凄惶得很。村里人说，下这么大雪，是天爷爷在哭她哩！

窗外的雪不紧不慢地飘着，窗前静坐的看雪人的思绪却不知道飘到哪儿去了。

指甲桃

　　阴霾的天气让我在宿舍感到烦闷,推开灯下的书,移身至窗前。呼吸一下窗外的新鲜空气。窗外的一抹绿溜进了视野,仔细观瞧,一丛丛绿叶中点着几朵晕红的小花……好熟悉的身影,我竟因一时的激动喊不出它的名字来。可是他的名字就挂在嘴边,却怎么也道不出来。我赶忙喊来舍友,舍友说:"那不是指甲桃么!""哎,就是……就是……指——甲——桃。"

　　真没想到在异地能够遇到这样熟悉的面孔,我不禁有些激动了。静静地想念,而后钩沉起了许多美丽的回忆。指甲桃——宛若在我记忆的湖心中投下了一枚石子,纷乱的思绪就像涟漪一样一圈一圈地漾开去了。

　　睹物思情,好不伤感。

　　行走在路上,见到行人手指甲上染的艳丽的指甲油总是觉得俗气,它们怎么能和鲜红、清纯的指甲桃的颜色相媲美呢?

　　指甲桃。在乡下并不是一件罕物。记得小时候去邻家串门,总会看到他们家里不一样的花池中却栽着一样的一种植物——指甲桃。花池边、墙角、篱笆旁，总能看到它们的身影。奇怪的是我家竟没有一棵，我就跑去问奶奶。奶奶的回答更让我摸不着头脑。

"咱家没有小女孩，要指甲桃做什么用！"

我缠着奶奶也在自己家的花池的一角种一棵指甲桃。

窗外的那抹绿已经掺杂了些枯色，毕竟是深秋了嘛，在它旁边的月季也被秋风抽打得憔悴得很，暗红色的花朵就像是外国老太嘴唇上抹的艳红的口红，让人感到莫名的忧伤。月季就像是被雨水淋湿了的穿着红嫁衣的少女，花还未开就要凋落，就像是怀念而不返的青春，遇到这暮秋时节，又怎能不悲切的凋落？

奶奶从邻家索了几粒种子，小小的，亮黑亮黑的。从奶奶手里夺过来，端在自己的小手中。然后就撒在挖好的小坑里了。剩下的就是等待，漫长的等待，不知道有没有结果的等待。我却是常凑到花池边，仔细瞅那凹下去的小坑。就这样过了很长时间，却不见小坑里有什么动静。好奇心也就渐渐泯灭了许多。后来凑到花池边的时间就少了，不过我发现那黑色的种子都泛在了泥土上，退尽了之前亮黑的色。又把它们抿进了泥土中，它们就像我这样不听话，没过多长时间就又看到它们泛上来了，周围还零洒着细碎的小坑，这样的情景似乎在哪里见过，却又说不上道不出。就把这件事跟奶奶说了，奶奶过来看看，笑着说，是你把它们浇上来了吧。

我？

嘿嘿。哦，原来是这样。

晚上，因为怕黑，就在花池边小解。上演了这一场闹剧，后来明白此事后，羞愧自惭，今日写在此处断有些不雅。不过我只想着那毕竟是自己的童年，完整地把它们保留了下来，作为我成长中一朵小小的浪花，让我在长大之后的某一个时刻看到这篇文章能够让我一笑，作为钩沉琐事的凭物也未尝不可。

我仍旧看到了绿簇中攒着饱饱的果实。

我想在乌云的背后,阳光一定等急了,明天也许细碎的阳光就会穿过彤彤乌云,直射到大地上,玉米穗似的指甲桃的果实就会"啪——"一声响,炸裂在浓浓的阳光下,将成熟的种子撒向大地,枝丫上剩下一个卷了五个瓣的枯壳,仿佛把爆裂的一刹那用相机定格下来,还能依稀见到它爆裂时的情景。宛若我们的青春,不也是"啪——"的一声响,就突然感到自己在某一个时刻突然长大了一样。从那一声细小但是清脆的爆裂声中惊醒。尽管我们的心底还有未开的花苞,面对秋雨秋风,只能凋落,留下青春的遗憾。我想这也是一种美丽,凄婉的美丽。听那有力的爆裂声,似乎也正在倾诉我们想说,但是如何也说不出的话……

啪、啪、啪……

终于等到我家的指甲桃也开花,结果,也能发出"啪啪"的声响了。我看着自己小指上的殷红,不禁笑了。这还是奶奶给我染的,红红的月牙似的小指甲我都没舍得剪,奶奶就不在了,只留下了花池边的一株指甲桃和我绯红的小指甲。这株指甲桃是从邻居家移栽过来的,是为了遮一下当年的那场闹剧。时过境迁,花池里换了几株指甲桃,已开过几番花,爆裂过很多次了。可是今年的花却开得很残,残的让人伤心,残红花朵没有多少,叶子也少了很多,也许就像奶奶说的:"指甲桃又叫凤仙花,家里那本破旧的《本草纲目》上说:它在夏季开花,花期很短。"得好好侍弄,不侍弄它就会像咱村里疯了的马婆子……今奶奶的话还依稀在耳畔,那株指甲桃真的像马婆子一样疯了,从奶奶生病一直到奶奶去世也没有人侍弄它,如今疯疯癫癫的马婆子也不在人世了,只剩下我又从邻家移过来的一株指甲桃……

还依稀记得染指甲的情景。

晚上,在昏黄的油灯下,吃完晚饭,收拾好碗筷,将圆桌抹干净,取来一只碗,倒扣在桌子中央,把采来的指甲桃叶子,还有几瓣花,放在碗底,稍加明矾,用筷子的一端将其捣烂。最后成为绿色的一团,已经看不出叶子的模样。用勺子的一端挑一小段轻铺在指甲上,再取一片完整的叶将其包住,外缠红线数寸。睡上一晚,清晨就会看到自己的指甲就成殷红色了。那时高兴得不得了,追在大人后面炫耀着自己的小指多么漂亮。每次洗手的时候,都会刻意地伸出自己的小指端在眼前,细细打量一番……

在网上看到网友咏凤仙花的诗句很到位很新奇"金凤知时绽,无需细雨邀。"雨将至了,也会是细雨吧。

天阴得厉害。窗外的万物都变了颜色,变得昏黄,残红已经变得模糊了,攒攒绿叶不住地摇晃。饱饱的种子呵,也许这是你经历的最后一场雨了,雨后就是炽烈的阳光。你知道吗?我在期待你清脆的声音,一声经历过风雨后的呐喊。我等待着……

眼前的景象掺杂着漫漫残残、斑斑驳驳的回忆一起袭来,就这样待了一下午,回过神来已经暮色四合,昏黄满室了。雨住,回忆也停了。

在一个秋日的午后,朦胧中听到一声清脆的爆裂声,双手把我疲倦的身体撑起,从床上一跃而下,跑到窗边,扶窗而看,亮黑的种子撒了一地……

缀语:

余思于迟暮之年,斋前僻一畦荒田,杂种豆萁瓜果,于池角栽一指甲桃,待到花怒时,染予老朽干瘪之指。日耕农事,晚染小指。或叹青春,或怀逝事,品呷杂咏,亦不失为一趣。

偶作咏指甲桃诗,现录如下:

秋阳渐隐雾渐浓,柳色枯残花色庸。
忽见池边红成簇,犹念儿时指甲红。

开满蝴蝶的树

　　小院里本就没有多少悦人眼睛的色彩,刚脱掉棉衣的人却盼望早点把五颜六色填满眼睛。忽然有那么一天,突然发觉院中那棵枯死的枣树发芽了,没有长叶子,也没有绿色,突然就开了满满一树灵动的花,就在他拿着锯子刚推开门的一瞬间。

　　可是,之前谁也不会注意,这棵树上吊着的一个黑黢黢的蝶蛹。几个孩子在树下绕来绕去,踮着脚伸手去够挂在上面的一个个小吊袋,低下头去捡被风吹落在地上的枯枝败叶。没人关心这些吊在树枝上的小黑袋,扛着锄头从树下走过,从未抬头看一眼。孩子也许只是好奇这棵死去的枣树为什么能长出这些摇晃在风中的小黑袋,就像被七月热咕嘟的风吹红的枣一样,只是它没有赚人青目的甜红,一身灰不溜丢像极枯叶的皮革,被凉风吹得荡悠悠。

　　谁也不知道是谁把这些小黑袋悄悄地挂到了树上。

　　就在夏秋交接的地方,等满树的红枣被竹竿敲落在地上,凉风把树叶揪下来,团成团,扔在墙角。一个个小黑袋就挂在树上了,瞪着大眼睛的孩子永远也搞不懂这个奇妙的世界。院子里这棵枣树有些年头了，也记不清是哪一年了，等院子漆上了一层又一层的绿，才发现院子好像少了点东西，独有枣树所占的小半个院子的背景是死灰的颜色。这才发觉，一个严冬之后，眼前这棵枣树没能在春天如期醒来。它耷拉着眼皮，灰头土脸的，就像被重活累乏了的老头。院子里的颜色由绿转黄，它还是一张哭丧着的脸。或许是人们看不惯它的灰头土脸，堆在墙角的一捆捆金黄的玉米就搬到了枣树的臂膀上，满树金黄，随着秋日渐深，满树的金黄就越来越亮，比大枣的甜红还引人眼球。

树上金黄毕竟不能长久，那是粮食，终究被收进了仓库。又是那片灰色！这个小院的主人甚至要把这棵没有生气的树伐掉，"在墙根点上几粒丝瓜种子也好，免得这棵死树在这碍事"，就是那天，主人从邻居家借来了锯，把门推开，抬头看见这棵死去很久的树开满了花，各色的花瓣在阳光下抖动着，吐出了毛茸茸的花丝，那些花瓣在枯硬的枝条上轻轻悄悄地移动着。一阵阵风吹来，几片花瓣随着去了，也许那不是风吹的。那些让人心动的花，让他张开大嘴，却喊不上名字来。

风依旧吹着，吊在上面的蝶蛹轻飘飘的，下面开了个洞，那朵花逃走了。起初在枝头，后来不知随了风游荡到了哪里。

如同种子一样，蝶蛹也有不发芽的。若睡过了头，错过了季节，风雨不管叶子的青枯颜色，总是一把捋净。待日子慢慢滑过，剩了几个吊在上面来回晃悠的黑蛹，它也永远也开不出花了，憋了一冬的劲儿就死在漆黑里，见不到世界的颜色，也给不了世界颜色。它依旧丑陋着，被吊在枝梢，任风抽打。想来有些遗憾，可是那些历过蓓蕾、怒放的不也是一旋而逝。如此，我却分辨不出它们之间的区别了。

记一场大水的来去

如果奶奶不说,谁也不会相信,这片安静的平原曾来过那么一场大水。

这个故事的开篇就是一片汪洋泽国,而且就在我出生的地方。就是这片看上去如何也掀不起哪怕半点浪花的平原上,曾有一场大水把这里吞没。这个故事对小孩子当然充满了无尽的吸引力,天性爱玩水的孩子如何也不会错过这个故事,就像我一样,央求着哈欠连连的奶奶把这个故事讲完再睡。随着年龄的增长,我开始怀疑这个故事的真实性,于是我费了好大劲才把记录这片土地的日记(地方志)找来,按照年代顺成一行,一页一页地翻。看到这片土地的脸,或苍黄,或红润,或枯裂,或汪洋……全发生在这里,几乎看不见多少水洼的平原上。

我走在这片地上,开始注意这里的一草一木。这里曾是一片泽国呀!胡同口那棵一搂粗的老槐上或曾有过一条鱼在上面栖息,月亮在水中的倒影或映照在这块土坯墙上,虾蟹或曾藏身于哪个深洼里……时间抹去了一个时代,给这里换了另外一副嘴脸。

我对这片泽国的揣想就是从听完那个故事开始的，我总是把奶奶夹杂在故事里的叹息裁剪而去，只留下美丽动人的故事情节。所以，同一个故事，我与奶奶产生了完全不一样的感受。我们都从这汪洋中来，或是因为饿了，或是好奇岸上的一切，从水里伸出手狠狠地使一把劲，抓住岸上一簇顺进水里的草，爬上了岸。于此就告别了一个拿水温润着的世界。生在这块土地上的孩子爱玩水，这或许就来自那亘古遥远的陈旧记忆。我不晓得人的头脑中是否真存在荣格所说的"原始意象"，孩子爱亲近水的习性却让我感到惊诧。我们从水里爬上来，食性变得复杂，人也就变得复杂起来。我相信夜里的梦就来自或远或近、断断续续的旧经验，梦里时常汪洋一片，四周溟濛，无边无垠，一个猛子深扎进去，能感受到水被阳光暖得热乎乎的。

　　这片泽国在奶奶的叙述中是一场苦难，在那段最难熬的年月里，大水说来就来了。大水来临前，村里人是怎样盼望水呀！搭了数丈高的祭台，全村几百口人都匍匐在地，朝天哀求，天却铁了脸，连一个轰隆的滚雷都不打。庙里的神婆娘，她穿了件破旧的怪衣裳，背上是深凝的颜色画成的五毒图，头发乱蓬蓬的，在空旷的麦场上狂乱地跳了三天三夜，土黄的天终究还是没能砸落下一个雨滴，院里的水缸已经见了底，葫芦做的水瓢从缸里取出来，放在缸盖上干裂开一道宽大的缝。四野的树木庄稼开始枯萎，绿色中似乎饱灌了水分，也渐被枯黄吸走，成了土色……整个世界就暗淡下来。

　　大水来的时候是一个傍晚，天已黑黝黝了。打村口晃过来一个影影绰绰的人影，一路大吼着："大水来了——大水来了——"他的嘴唇干裂了一道道血口子，身子精瘦精瘦，身体里的水分也快被榨干了。大水说来就来了，像一头因饥饿张开了大嘴的猛兽，把房屋田亩全吞进了肚子……

　　等大水退去，人们开始从水中寻找吃食。裤管挽至膝，光了脚丫，褂

子的袖口挽成两个疙瘩,拾捡起水洼子里的鱼。夕阳里,每次回家都能扛回满满两袖口活蹦乱跳的鱼虾。

这场大水在平原苍老的记忆里或许算不上什么,那一行泛黄的日记中记载有多少次鸡蛋大小的雹子恶狠狠地砸落,有多少次刮起黑风把白天吹成了黑夜,又有多少次大水的来去……我如何也计数不清,直到我又重新把那些遗落在这段故事犄角旮旯里奶奶的叹息一点点拾捡回来时,才稍稍感觉到那来自亘古的苦难带给人的究竟是什么。

三月泥泞

阳春三月,料峭春风还未退尽,大地就已开始了泥泞。

隆冬把大地冻成了石疙瘩,把人们的心情也都冻得结结实实的。春风一来,刚开始摧开的并不是花朵,而是大地,让冻得如磐石的大地开了怀。乡野小路上便一片泥泞。四季轮回着万物,也轮回着人的心情。

地上解了冻,树木的根也就得以舒展开来,前年落在地上的种子,藏了一冬,终于等到地上软了,柔得像春风。寒冷也在慢慢从地上抽去,野草、花朵也都欢喜了,破了土,见了金色的阳光。

站在一道路口上，眼前是白茫茫的一条马路，通向不知到哪儿的远方。斑驳纵横的脚印也随着伸向远处，眼前这些让我感到莫名的感伤，不知是这春日的暖阳，还是这条泥泞的小路。告别了隆冬就意味着新的路口又摆在自己面前，斑驳的脚印是忙着播种的老农的吗？是忙着出去奔波的工人吗？是忙着出去谈生意的商人的吗？那些斑驳的脚印也许不会存留多久，春阳一照就化在了那片泥泞里。

家乡的三月里，是不敢穿着娘做的布鞋出门的。生硬的大地正在变软，软得让人不敢触摸，种了菜，去集市上摆摊的人也都趿拉一双穿旧了的球鞋，挽着裤管，车上装满了青菜，轱辘上滚满了泥。一路泥泞，一片暖阳，一脸喜色。

孩子可不管这泥泞，依旧在熟悉的地方捉迷藏，玩玻璃球。也许在不经意间，你转过墙角，会跟一个毛头小子撞个满怀，他满身泥点，朝你一笑就跑开了。

三月里，还未来得及落雨，落了一地阳光，同样泥泞，欢喜着正长个子的麦苗、青草、野花。人恐怕是最厌烦这泥泞的，也就很少出门。因有急事，不得已，只得狠狠地骂出一句脏话，其实并无所指。

泥泞后的土地就肥了，软得像棉絮。那时野草就开始铺卷着大地，知道看不见地皮，也就不再泥泞了。我时常在想，假若三月里没了泥泞，还算是春天吗？那时候或许就像现在恶狠狠地骂一样真真切切怀念这片泥泞了。

泥泞后是烂漫，满世界的烂漫。也许这就是隆冬给人最后的考验，想去寻路的人一脸忧色，恨这阳光，恨这大地。而不久后，阳光蒸干了泥水，大地出现了生机。

又是三月，趁着这泥泞的时候，把树苗埋进大地，我想它们会懂得泥泞的意义。

通往村外的路

以前通往村外的路只有这一条,在这块平坦得让人想象不到波澜不惊的梁邹平原上,联系村里村外的路有一条也就足够了。

鲁迅说:"世上本没路,走的人多了也便成了路。"或许是村庄太小,人口稀稀拉拉,人们没能再走出通向村外的第二条路。在梁邹平原上,零星散落的村落大都背枕田亩,被溪河裹绕。每个村落都有通向村外的路,路虽不同,却都有着一个共同的特点:路是土路,坑坑洼洼,虚与委蛇。我时常在想,这么多人走了这么多年才走出来的路,这条路上汇集了他们怎样一种感情?这样想来,竟有些乐子了,这路上看不出"规矩"的板眼,倒是"随性"多一些。有人说,随着现代化进程的推进,"人力穿凿"的建筑越来越多,失去了天然之美,由此便滋生出许多问题来,"天然"与"匠工"之间到底相距多远?或许"随性"就是联通二者之间的短途,眼前这条通往村外的路正是如此。

这条路始自村落,却不知终于何处。从村里走出来,走着走着,忽而一低头,眼前竟是水泥路了。原来的土路却不知所终,秋里身后枯黄的草甸子被踩踏得就像年过半百的人的秃顶，或许是走的人还不够多，于是，在这里可以寻到路的雏形。

农人走这条路，无非是下地干活、走亲访友之类。路是人走出来的，路不长，人也就行之不远。

小时候，我见到残阳斜照的路上有牵牛扛锄回来的农人，心里就滋生出一个梦想——他们应该把这条路走开，把这条路走得通向县城，通向济南，通向北京，通向他们想都不敢想的地方。那时稚幼，就问蹲在蒲团子上吱吱扭扭纺线的老婆婆，为啥不去外面。她仍旧忙活着手里的活，左手的麻线一松一拽，线穗子轱轱辘辘，慢慢就胖了。忙完一截子活，她这才说："哪儿不是外面？"我反倒被问住了，只好待她下文。她沉了半晌，又说："闹饥荒时候，庄里人可都走没了。再说了，外面的气儿能流到咱这地界儿，咱这里的地气不也能通到外面吗？"听了她的话，我竟着了魔一样，整日里琢磨这句话。

后来稍大一点，我再问她时，她却变了说法。"庄稼人走不起。"仔细咂摸一下，竟有点儿像刘姥姥的口吻了。这恐怕才是通往村外的路这样短的原因，这句话捎带了些凄冷的味儿，通进了鼻孔。在此之前，那位老婆婆的话虽是谎话，可那句话在我心里却像一句哲言一样绕梁，至今记忆犹新。

年深日久，因庄里要架桥盖屋，于是这条路多次被改道。路上厚实的土，像刨了光木板，阳光照下来，晶亮晶亮的。路沿上的荒草被人踩得干瘪凄迷，草甸子与这条路的界线就这样模糊了。

如今，通往村外的路多了，各村里四通八达。庄稼人知道，那些宽敞的水泥路都是给运货的卡车、往来的商人走的，庄稼人下地干活、走亲访友还得走原来那条小土路，不走路就没了。

枣树

　　春夏秋冬，童年的四季里摇曳着两棵枣树的影子。鲜绿的芽、白色的花、脆甜的果、枯黄的叶……两棵枣树植在心中，撑起了有关童年的记忆。几棵熟透的枣子落在记忆的海洋里，霎时甜甜的涟漪便一圈圈荡开了。

　　两棵枣树在老家屋后，一棵从长出地面主干开始，分成三支。另一棵则是歪脖子。夏天，这两棵枣树茂盛至极。"七月十五红腚眼儿"，在每年的七月十五前后，枣树上绿亮的枣子就开始泛红了，红得透紫的玲珑小枣缀满树枝，枣子从下红到上，枣树从上红到下。此时，我的手便开始痒起来，每天都会去摸打枣的竿子。再沉上几天，等到爷爷说枣子熟了，也该打了。我就兴冲冲地拎着长长的竿子，猴一样地爬到树上，抡着竿子就是一通乱打。每着竿子的地方，红的绿的枣子就像雨点似的从树上砸下来，打在草垛上、钻进乱草丛里，也砸在正围在树下捡枣子的孩子们头上。小孩子一手兜起肚前的背心，一手忙着往撩起的兜子里捡落地的枣子，直到那小小的背心再也装不下红红的枣。他们就双手捂着肚前的"战利品",偷偷地溜走了,一跑一颠地,那枣子就一个个漏下来,在地上留下他们潜逃的踪迹。爷爷奶奶带着斗笠,也忙着在树下捡枣,还一边嘱咐着我要小心别摔着。

等到树上大片的枣子被我打得都落到了地上,爷爷奶奶也就把那些枣子装入了袋子。

枣雨下过后,一年到头心田里都润滋滋、甜丝丝的。有了这一袋子枣,这一年就有了滋味。

关于这两棵枣树的来历,我是听爷爷说的:原来房后不只这两棵,而是一排。是爷爷那时候种的。种下后的第二年奶奶就嫁过来了,就是那个时候这枣树开始结果子。那时候家里穷,总是盼着这排枣树能长得粗壮些,多长些枣子。那时候,多这几个枣子生活中就会增添不少的甜味儿。枣树发芽的时候,爷爷没空侍弄,奶奶就忙着给它们浇水,围上一圈柴篱笆。

听爷爷说,奶奶是吃了这枣子才有了我爹,娘吃了这枣子才有了我。可是,我家盖北屋的时候,这排枣树碍事,它们就被压在砖泥瓦砾下了。最后只剩下了这两棵,这两棵不是最好的,但却活了下来。长得那样粗壮,爷爷奶奶也不管他们了,每年就等着它冒芽、长叶,枣子由绿到红再到紫。每逢枣子熟了的时候,孩子们就瞪着小眼睛,站在树下,抬起头,看着满树的玲珑,馋得直流口水。有的孩子甚至翘起脚后跟拎着长竿在树上打。奶奶看到他们也不生气,就坐在胡同口的磨盘上,朝他们喊着:"你们这帮小崽子,没等枣子熟了就来糟蹋……"他们仍旧不听,还是踮着脚,瞪着眼,伸着手……

随着时间的匆匆流淌,转过了一个冬,转过一个春,一年就到了夏季。那枣子渐渐红了。尤其是树顶,红的那样可人,从树旁路过的人都会抬头瞧瞧这馋人的颜色。

直到有一天树上的枣子一下子消失了,树下满是折枝绿叶。他们就

知道我家打枣了。村里人就到我家来串门，也不好意思张口要枣，说完了话准备要走的时候。奶奶总是找好了塑料兜给他们装上点，他们不好意思地推脱着，但最后都是拎着出了我家的大门。看着村里的人尝到自家的枣，奶奶都是笑得合不拢嘴，我可是看不过去，小时候就懂得肥水不流外人田。等他们出了大门我就偷偷地跟在他们后面，小心翼翼地在塑料兜上撕上一个小口，枣子就滚落下来，我就在后面拾，直到被他发现，我就一溜烟跑掉了，身后留下他们并非恶意的骂声……

时间一久就吃不到鲜枣了。家里剩下的枣子就分成几类，一部分晒干留着，一部分装在坛子里倒上酒，醉成酒枣，每逢过节就拿出来。晒干的一部分枣碾成面，一年到头没有细粮，就蒸一锅黏窝头，苦涩的日子就不时泛起甜丝丝的涟漪，细细品味着……

秋风渐紧，黄叶卷地。两棵树间散落的折枝绿叶渐渐泛黄了，树梢上还残留着几颗小枣随风摇曳、叮当其上。苦干的树枝划着萧瑟的秋风吱吱响着，一年的生命已是强弩之末，几近沉默了。红色、绿色退去，换成了单调的黑灰色，隐在暗淡的土房子间，没有人再注意它。人们从这儿走过，都说他们碍事。可每当吃到酒枣、枣窝头，那种甜滋味又让他们缠绵了……

几年过后，爷爷奶奶相继去世了。村里的孩子也少了，再没有孩子傻乎乎地站在树下，愣在那里看树上的枣子；更没有人去我家要枣子了。此后，那枣树就像疯了一样，长的枣子也少了，树上满是乱树杈子，稀稀疏疏的枣子再也惹不来村人的眼——树荒了。每逢一年的七月十五，枣树底下，人们不再谈及枣子的香甜，而是对这两棵枣树的斥责。

春芽、夏果、秋叶、冬枝都已消失，再没有人会回忆起这两棵树的美好。

再后来，村里变了样，土坯房子变成了二层小楼。那两棵枣树变成了两株枯干，在两座大房子之间的角落里歪靠在一起，再无人问津。

炉火

炉膛里渐渐凉了,炉火也快消失了。

怀念温温的炉火,怀念那些埋藏在心底即将渐渐逝去的旧物。暖气、空调,倒是满足了人们的物质需求,精神层次上就没有什么什么价值了。

旧时的火炉都是自家用泥巴所制,垒上几块废旧的砖,家里就会暖和上一冬。冬日雾气弥漫,或是大雪纷飞的清晨,瑟缩在被窝里不愿出来。一起来,就会抄着袖子,凑在火炉旁,直到两腮微热,裤管煦暖。看着烧红的炉圈,时时冒着几点火星。

喜欢炉火的原因还在于吃。母亲会在炉口上架上几根细细的铁丝,把馒头片担在上面,不一会儿,酥香味儿就钻进了鼻孔。送到嘴里,酥脆弥香,一顿狼吞虎咽之后,火炉旁留下一抹碎屑。这是最幸福的时候。

爷爷早晨忙完了农活,摘下手套,就将双手笼在火炉上面,双手相互攘着。手暖了才凑到床前,把手伸进我的被窝里,闹玩一会儿,蒙眬的睡眼看到爷爷满脸堆笑的样子却特别清晰。

火炉上蹲着水壶,烧开水时,钝声斥耳,壶盖乱颤。书上说瓦特就是看到眼前的景象才发明了蒸汽机。我却没有发现什么,只觉得可怕。我

不敢走上前去端水，扯着嗓子喊着爷爷奶奶。端走水壶之后，我就往炉膛内扔一些碎布、短线，看着扔进去的东西顷刻间化为灰烬，就连灰烬也透着红彤彤的颜色，我只觉得这样有趣之极，每每等到奶奶灌满了水壶又提过来的时候。那间小屋里就硝烟弥漫了，这才感觉刺鼻的气味直往鼻孔里钻，呛得不行。

别人家的炉火也一样，烤地瓜、烤馒头片，这成了小孩子的最爱，冬日里大人怕冻坏了孩子的手，就揽着孩子，守在火炉边。

大年夜，炉火也成了温暖一家的功臣。炉火，也成为回忆中大年夜的一种不可或缺的元素。

冬日的炉火烧得正旺，伴着噼噼啪啪的声响。在村子里串门，渐渐就看不到土垒的炉子了……

炉膛里渐渐凉了，炉火也快消失了。

暮春烟台

在烟台，我感觉不到春天的存在。

当地乡野樵渔有"烟台无春、秋"的老话。冬的尾巴伸到了春天的怀里,夏的触角又伸到冬的心房,让人感觉不到春秋。冬天仍未及退去,人间历几番"乍暖还寒",便酷热如夏了。当地也有"春不暖,秋不寒"的俗语。虽说是烟台的四季不甚分明,照历法来看,现在也该算是暮春了。

走在大街上,却仍能见到行人脚蹬马靴,穿着毛衣,戴鸭舌帽,尽是冬日打扮。若是在我家乡,这个时令,想必人尽皆换单衣单裤,孩童逐于野,老农耕于田了。

烟台的暮春的确让人恼,近古李易安有"乍暖还寒时候,最难将息"的词句,谓之冬末春初时的气候冷热不定。在当地,易安的这句话就得往后挪时间了,且要将初春挪至暮春时候,才勉强合适。当内陆地区已经定下春的基调,这里还未见一丝春意。作为海滨城市,暮春烟台的天是小孩子善变的脸。多风、清雨、蒙雾。

唐人杜审言有"独有宦游人,偏惊物候新"的诗句,在四月的烟台,海边的风中仍残余着雪的味道,未退尽冬的寒劲儿,似乎感受不到"物候新"。天气很喜欢打诳语。"花气袭人知昼暖",天气一时溽暖如初夏,迎春、玉兰、紫罗兰便一夜花开,第二天满目的黄白紫。迎春枝条成簇,小巧的黄花点缀满枝条。玉兰满树素白,一时怒放。紫罗兰满缀紫色,静谧安妥。可一时间又阴云聚拢,袭来几股凉风,或降几滴冷雨,这些开得正热闹的花受了寒气,只得提前结束花期。即使这样阴冷的天气持续时间不久,原本曝于暖日下的花终究还是受了寒气的侵袭。只得皱作一团,香销玉殒,拧碾作尘了。

"最难将息"的天气,时常是刚换上单衣,天便骤寒,未及穿衣,就涕泗横流,喷嚏连连。人们常说春天是最让人熨帖的季节,可若是物候不定,人也就很难规律作息,坐卧不是,只得徘徊窗下,踱步叹息。

许是近海的缘故,烟台水汽朦胧,清晨树叶上多轻灵露珠。冬日多雪,夏日多雨。夏秋两季一般很难见到落日余晖、残阳铺水的景观。假

若我们欢欣于胜地烟霞的时候,也就不得不舍弃残阳余晖了。终究是鱼与熊掌不可兼得。

　　烟台的暮春还残存着冬的意味,说不定哪天还晴朗凉爽的,忽而一下子燥热起来,就入夏天了。

晨趣

　　一起床,天就阴着,梧桐树的叶儿在晨风中来回摇晃。空气清新多了,昨晚的溽热已经退去。我竟不知道自己是如何在满身臭汗中睡去……醒来时,只觉得从门缝中沁来了一股凉气,袭在身上,伸手把被子拉过来,围在身上。

　　趿了鞋子出去,外面的空气褪去了昨天的浮躁,给人以清凉。好像是醉酒之后的醒来。眼前好像是都上了一层鲜亮的颜色,梧桐叶儿更绿了,架子上的西红柿更红了,天也更蓝了。好像早晨起来洗完脸,戴上了近视眼镜的感觉。

　　这时候又滴起雨来,院子里坑洼的地方积了一小洼子水。上面开始若隐若现小水泡了,水泡不断地破裂,就好像是往平静的湖面上扔了一粒石子,水纹就渐渐漾开了去。雨水又滴在里边,又一圈圈漾开去,水泡又破裂,又漾开去。小小的水洼子上面就不平静了。我发现院子里没有了蝉鸣,这倒是一件好事,越是凉了的天,蝉就渐渐少去了。在下雨的时候是听不到蝉声的,也不知道在昔日溽热中里"知了知了"乱叫的蝉躲到哪里去了。

"一场秋雨一场寒",虽说还没有来到立秋,乍暖还寒。已经感觉到了秋天的气息,渐渐地,蝉声就稀了,也不知道蝉把自己安放在了何处。只是偶尔在路上看到一具残骸,夏日的蝉都跑到哪里去了呢。也许真的像季羡林先生所说:"猫知道自己什么时候寿终。它们绝不待在主人家里,让主人看到死猫……它们总是逃了出去,到一个最僻静、最难找的角落里、地沟里、山洞里、树丛里,等待最后时刻的到来。"也许蝉也有这样的品性,那天我分明看到在被风吹下的树枝上有一只蝉,我走上前去,伸手摸起蝉,不想竟把树枝也带了起来。那只蝉好像黏在了上面。我没有把那只蝉从树枝上拿下来,只是轻轻地把它放进了院子中的花池里。我想它也不愿意让人看到它的尸骸,让人感伤。

早晨,多么美妙的一个词。在不知不觉间短暂的晨已经过去了,淅淅沥沥的小雨仍旧落着,滴在大地万物上,也滴在我们每个人的心中。

感悟清晨,好似参禅悟道,悄然空灵。晨趣,的确有趣。

雪窗杂记

　　毫无准备,就落雪了。落给了无准备的梦。

　　烟台的雪,极柔美的。

　　久不见雪,竟忘了大雪的模样。从老人那里耳闻,雪是可以没膝的。零星的小雪没等落进心房,就被暖化了,滴在枯了很久的心里,凉丝丝的。清爽了很多。

　　好久没能早起了。日赶着日,月赶着月。夜也是要赶的,一直赶到天亮,东边煞白。我想此时,自己的脸也是那般颜色吧。

　　夜,不能早寐。

　　那才是自己的世界,也唯有夜才是吧。朗白的昼是别人的。寒夜流动时,我能感觉得到。为什么在我的世界里,夜成了昼,昼变成了夜呵。聊天时,她说有的人出世写东西,有的人入世做事。那该如何选择呢?或是干脆不选,那太累,真的很累。

　　好久没能仔细瞅瞅生活了。伸出两手,端着它的脸,耐心看个够。奔忙在自己的圈子里,不考虑奔忙的意义,也只能于幽暗昏沉的夜里,在迟子建一段段文字中寻觅离我远去的感动。

卷耳试探着动了动蹄子，又蓦然缩回了头。宝坠这才想起卷耳生于雾月，从未见过太阳，阳光咄咄逼人的亮色吓着它了。宝坠便快步跨过门槛，在院子里踏踏实实地走给卷耳看，并且向它招手。卷耳温情地回应一声，然后怯生生地跟到院子。

卷耳缩着身子，每走一步就要垂一下头，仿佛在看它的蹄子是否把阳光给踩暗淡了。

这样可爱的动物！这样可爱的世界呵！看这篇小说时，都是亲昵地看着，生怕漏掉一个字。"《雾月牛栏》中因为初次见到阳光，怕自己的蹄子把阳光给踩碎了而缩着身子走路的牛。"她如是说。暖人的句子，在寒夜中流进。这让我如何入睡？也许是她的文字里裹着太多亲自感受过的伤，竟是那样幽怨，却又温存。

灯下，那是真正属于我的世界。周围起了鼾声，他们已入梦了吧。许是梦到了素裹的你，夜的表面就漾起了一层浅笑；许是梦见临近的期末考试，翻过身，抛给冷夜一声轻叹。可爱的你们，也有着自己的理想呵。我们是一群输得起的孩子。恐是你还在为被你远远甩在身后的高考而心存余悸，或是还在为你做出的选择整日闷闷不乐。夜让人间静下来，你们的灵魂也就静了。不再念及那些琐事。

不去想，明天如何。

只如那缓缓淌着的溪水，听课、读书、参加活动，倦了一天的你我推开宿舍的门，松开手，将包随手扔在桌上。扑倒在床上。零撒几句闲话，也就入梦了。

喜欢赶夜的人，喜欢在夜里摩挲往事的人，已经分不清今天和昨天的界限，屏幕右下角的时间已经变成了 00:00。跟朋友聊天，竟说了声明

天见哈。不,已经是今天了。我慌忙改正。夜迷蒙了时间,感觉不到几个小时前的明天已经变成了今天。这本身就是醉人的。

昨晚,呵呵,是昨晚。

昨晚稀稀拉拉落了几粒雪,没等亲吻到大地,就魂飞魄散了。夜里,改了签名——"朔方的雪像盐,南国的雪似絮"。我想这句话能给谢道韫做个合理而朦胧的解释吧。天还不算冷,雪不硬,还絮那样瘫软着。

赶夜路最劳人。天快亮了,拖着一身疲惫的我也该像他们一样入梦了吧。好久没做梦了,躺下就会死去。这和死亡有什么区别呢? 感受不到你们的存在,感受不到世界的精彩,没了感觉,仅存细若游丝的呼吸。那是生命吗?

心浮在夜海里,仍旧不肯入睡。

也该落雪了吧。

桌上还放着十一月初写的"盼雪"的宣纸,盼了很久。

天亮不是今天来临的呼喊。

他们经常嘲笑我不早点起来迎接今天。呵呵,我早已经迎接过今天了,不接来今天,能入睡吗?

这次反倒没有以前理直气壮了。许是我躺下后不久,雪就落了下来。

睁开眼,两扇素白窗帘间的一条缝隙,籁籁的,闪着柔白的光。真的落雪了。裹了裹被角,把脸靠近填着暖絮的被子,暖暖的。像猫一样蜷着身子,聚着存了半夜的暖。

雪停后,会冷的。

大地还未退尽残热,地上仍不见白。草坪像画家用清水舔淡了笔尖,那颜色就浅了,柔和得心里坦坦的。小树林里,雪染了树梢。缓缓坦坦撒下来,像中年人的两鬓被岁月皴(cūn)白,树也被雪染白了。却没有白鬓那样让人感到莫名的忧伤。

天朗朗的,风也不是很利。

把自己裹在羽绒服里，缓着步子，踏在潾潾的柏油路上。落过两次雪了，我却都没能见到。这次的雪也不会停留太久吧，我要好好把你看看。走在那条路上，雪落了满身。像狗一样，抖抖。这样的雪，是不敢去碰的。

想起了川端康成的《雪国》，感觉"雪国"这名字贴切极了。

雪就这样残着，铺在草坪、石凳、树梢……脸也那样白吧，失去了血色。

雪不知什么时候停了，世界又喧闹起来。落雪时候，人心是虔诚的，枯坐窗边，静静听雪。落雪也有声音吗？如何没有呢。听，枯枝压断的声音、小鼠蹑蹑地出来觅食的声响、檐下团在窝里的麻雀叽喳声……都是落雪声吧。《秋声赋》不也是如此？

雪让整个世界惊讶，翻飞的雪影，让人们疯了似的大声喊着，冲出了宿舍。雪又让整个世界安静。静静地，落雪，最好身边能响起《雪的梦幻》，或是"one day in spring"，情致就不一样了。慢慢静下来，可读书，可写字，可练琴……

搁下一颗闲心，拥揽一抱兴致。

确是趣味横生的。我断是写不出那样细腻、敏感的文字，粗陋、枯乏的笔端不知能否言尽我的思绪。

落笔至此，已不见了雪的影子，许是那些精灵对这个世界绝望了。它想要的是冷酷到底，而这个世界太温暖了，容不下他的半点残影。便化作一滴水，被干冷的风吹尽。那可是精灵的眼泪吗？

可，最后连泪痕都寻不见了。

心横妙笔写素花

——读萧平《海滨的孩子》

　　偶在沪上文庙闲逛,在周边的一家旧书店里买到一本《儿童文学选》,还有一本高尔基的《俄罗斯浪游记》,两本旧书源于最近的几点感触,一是准备要集中读俄罗斯文学,一是源于一个短篇(儿童文学)还没刊出,好的儿童文学作品的受众不应只是儿童,每个人心里都温存着童年的记忆,所以儿童文学不应是专门为儿童量身定做的。

　　从上海至烟台的路长而无味,因走夜路,又加之奔波劳顿,趁天没黑透,就靠在枕头上翻了几页书。目录上有王蒙的《小豆儿》,有马烽的《韩梅梅》,夹在中间的是萧平的《海滨的孩子》。萧平是我院原院长,去年亦曾有一面之缘,对其作品却极少读。《三月雪》、《孩子与小猫》等作品早有耳闻,《海滨的孩子》当然也包含在内。天暗了下来,实在困乏,手倦便抛书(从不逼自己看书)。一路颠颤,却仍睡得安稳。醒来时,东方既白。外面似乎有点冷,车窗内糊满了水汽,如注而下。等天稍微明一点,困意也消去了大半。重拾斜落在被上的书,翻到《海滨的孩子》那页,稍稍能读进去一点,又被极为熟悉的感觉拽住,小说并不长,故事也再简单不过,读起来却长得很。我始终相信每个人心底都珍藏着一段童年的记忆，上面盖了一层又一层的时间，所遇一件又一件的事是一阵又一阵的风，风不够大是不能吹开一层一层尘封记忆的时间的。而书就是一阵狂风，能吹开时间，让禁锢裂开一条缝，记忆便如春笋般顶出。

周围还留存了几声残缺的鼾声，开了一夜车的司机显得有点困倦，张大嘴打着哈欠。"二锁多高兴，到了姥姥家里。他已经五年多没到姥姥家里了。"平实地就像刚从村里走出的学生，紧张地把娘新缝的书包往背后拧。姥姥家紧挨在黄海边上，满潮时汪洋一片，海退去后就露出一片黄沙。姥姥家里有一个比二锁大一岁的大虎哥，两人玩性一样重。大虎比二锁更熟悉海滩，他知道蟹子在什么时候爬出来，能在极为平整的海滩上突然就挖出一个花蛤来，这让二锁佩服。两人对海滩保持着同样的热情，那天夜里，二锁和大虎躺在草席上商量着渠子北面去挖蛤，二锁兴奋得不得了，夜里做梦二人去那挖蛤，挖了满篓，怎么也抬不动，潮却来了，把大虎哥卷走了，二锁就哭醒了。大虎不顾爹的叮嘱，和二锁朝渠子北面紧跑过去。大虎一个人光着屁股朝海里去了，那边花蛤多，他让二锁盯着潮水，潮水把眼前的沙堆淹倒后就喊他，他就从那里跑回来。大虎去了，二锁躺在沙滩上，一个人想起了很多事情，手无意间挖到一个大花蛤，就兴奋起来，接着挖出一个又一个，额头的汗下来了，指甲也被沙子磨去了……不知不觉中，渠子边的沙堆不见了，里面的水也浑了。他才惊慌失措地喊着大虎，等大虎慢慢从海那边越跑越近，却陷进了黏糊的沙滩里。两人废了好大一番力气才从这片沙滩中挣扎出来，裤子湿了，提着裹满花蛤的小褂朝村子走。大虎不知见了爹该怎样交代，二锁心里也乱糟糟的。小说结尾，是大虎与二锁的两句对话，平却不淡，细品能出滋味。

"大虎，你听我说，我对你好，心里真对你好，咱们一辈子做个好朋友行吗？"

"回去我爹要问起来，你什么也不要说好不好？要说，你就说是我引你到北边港渠子跟前去的，潮水没涨我们就回来了……"

类似的经历，不同的童年里却有着同样的感觉，因做错某件事，不敢跟父母说，几个玩伴私下里隐藏着，起誓谁也不能说出去，说出去之后大家就再也不跟他玩。故事虽小，里面却有着丝丝隐隐的承担，孩子之间单纯的情感，彼此之间的信任。任何一个世界里都有着这样那样的情感担当，孩子的世界里同样也有，而且表现得这样真切。

这让我想起小时候的冬日，干冷的天，河沟里的冰冻得吱吱嘎嘎响，立在冰上，拢一团火，待冰化后，燃着的棒子秸溜进了水里，露出一个润圆的冰洞。别看河渠窄小，里面却藏着鱼虾蟹，过不多会，就有鱼围过来透气，当然就变成了我们的猎物。也常因此失足落水，棉鞋精湿，裤腿也湿到膝盖，不敢回家，就在打麦场上一圈一圈地逛，或点起火烤鞋，好让鞋干后，早点回家，不至于让爹娘起疑心。这样里面的故事就有了，有玩伴等着自己把鞋烤干后一起回家，有玩伴见事情不妙，自己偷偷溜了……万般千种，绕在里面的是情感，细碎到只有心灵的丝脉才能稍稍感受得到的情感。

我也一直相信"文字排列"是一种能力，不管用什么方式排列（超现实、魔幻现实、写实……），它能触及心的最隐晦处，缓割开一道细缝，让鲜红的血液流出来，既让人瞠目，又能闻到些腥咸。或是某位哲学家所讲：世界就是一个黑匣子，劈开一道缝，让阳光泻进来，人就活在这道短暂窄小的光柱里。世界需要这样一道短暂窄小的光，文学不会止步，人会不断凑到这线光柱下取暖。

心里憋着很多故事没去写，也不敢去写，生怕一动笔就把它写坏，还是留着，就像怀里揣只小兔子，不住地踢腾。要守住，绝不能放它出来，瓦老师也说过，写到最激动的地方，能心平气和地坐下来，喝杯茶，留到明天再写，或许这也是一种能力，克制欲望的能力。写东西也不是朝夕之事，与性命长久有关，与守住欲望的能力也有关。一条长路，一条与笔杆子携行的长路，长得如何也望不到尽头，所谓的尽头是一片莽白，走到莽白处仍不是尽头，前方仍旧莽白一片。

第四辑

细碎心花

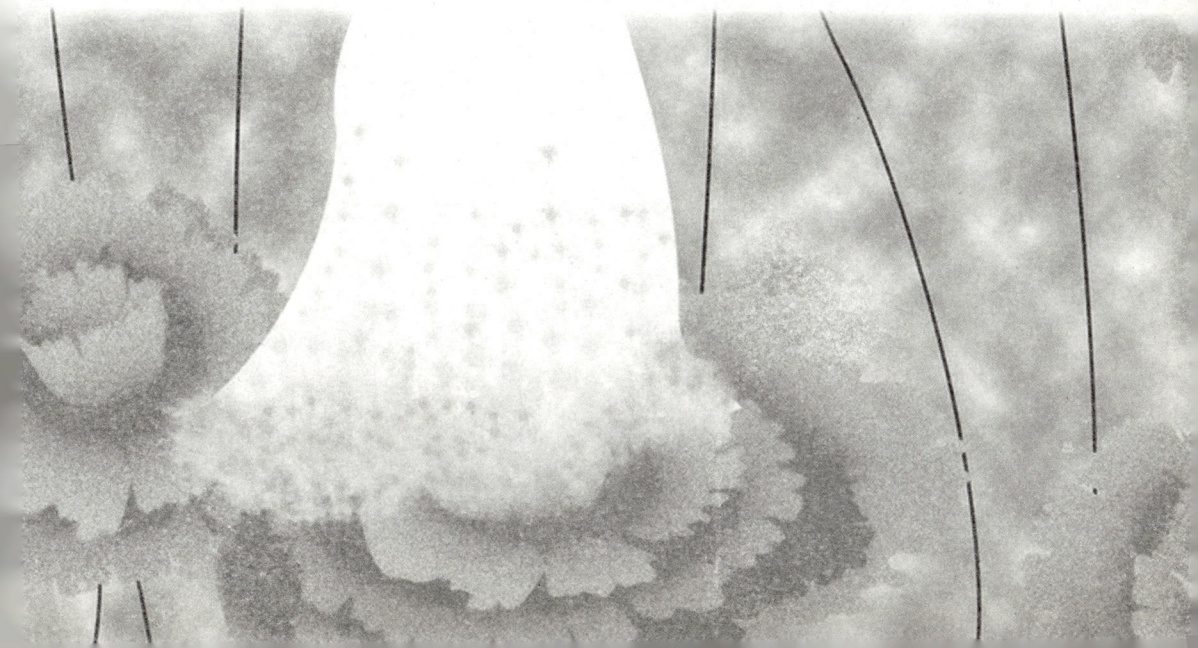

失忆

所有的人长大了，那些只有孩子能进去的门洞和门洞里的世界，便被遗忘了。

孩子们都哪里去了？喊也不应，叫也不吭。哪都是孩子，白天黑夜，到处有孩子的叫喊声，他们奔跑玩耍，远远地听到声音。找他们的时候，哪都没有了。嗓子喊哑也没一个孩子答应。不知道那些孩子去哪了。或许还没出生。只是一些叫喊声来到世上。

——刘亮程《虚土》

顽童渴望着长大，就像已经长大的人隔着时间的洪河，遥望着那边童年时的自己一样的焦灼。

长大意味着失去太多，长大如孟婆汤一般，一旦长大，之前的经历就像是丢失了一样，无所记，无所感。遗忘了丢在角落里的东西，同时也遗忘了世界的角落。我想，再没有什么能比得上遗忘更能使人悲伤的了。

扔在脑后的东西，沉甸甸的，让你再也不能回忆，再也回忆不起。也许是成长的烦恼填充了之前的幼稚空想吧，索性不再费时费力去回忆。

远远地，似乎有个影儿在朝我招手。太远，看不清。不知怎么，我想回村庄看看。

天凉了，走在通往村庄深处的小路上，秋风捉迷藏似的紧跟在你身后。从后面悄悄溜过来，挽住你的脖颈，跐溜一下，从领口钻进到你的后背。你停住了脚步，发堆积在打麦场里的玉米秸垛里探出一个孩子的小脑瓜。你也许能记起些什么吧？记起了些什么呢？你只是呆呆地立在风口，想记起点什么，却什么都没袭来，直勾勾的眼睛还定在那里——这样冷的天气，哪有孩子呀！怕是刚才自己看花眼了。你不相信自己的眼睛了。扭头继续走自己的路，身后的玉米秸垛里传来一阵窸窸窣窣的碎响，是风刮的吧，你宁愿相信是风在作怪，也没了追问的兴趣——秋风还是这样调皮。这种天气适合哲学家、美学家思考，适合作家写作，适合……秋风都为他们助兴去了，留下来的只是些调皮的秋风，他在打趣没有事情做的人哩！

从满是枯色的打麦场回来，走进庄里，见一堆红砖垛在路口上，堆得很高，齐整齐整，周围散着些通红的砖末儿。是哪家要盖房了吧。庄里人家盖房总是要挨到秋收之后，他们吝啬得很，一点不肯浪费时间。他们想把自己所有的黄金时间都撒进土地里，这样秋收时节才会收获黄金，这是庄稼人的一贯作风。忙完秋，他们闲了下来，有工夫去忙他们自己想忙的事情，想盖新房的人家就开始准备了，买进几堆红砖，堆在闲置的地上。早年间，庄里人都是用青砖盖房的，见不到红砖，庄里几间几近坍圮（pǐ）的老房子都是用青砖盖的，青砖磊墙，青砖铺地，青砖围院。比早年还早的时候，庄里人用土坯盖房，活了泥，掺麦秸，方方正正一块泥坯。不知怎么，你就把房子和庄子西边被西河挽绕着的坟茔联系起来。古坟也是黄土垒成的，再后来改用青砖围磊坟堆。可见人们生前住的房

子和走后一直住的坟没有两样。

　　"房子是囚人的"，记得贾平凹在一篇散文中曾这样说过，坟也是囚人的，只不过住在坟里的人感受不到被囚的孤寂凄凉罢了。当你沉浸在长大之后的思考中时，突然发现高高的红砖堆上又冒出来一个小脑瓜，真真切切是一个小孩，黄黄的头发在秋风里散着。秋天入目的尽是些能让你用比喻或是夸张的句子。思绪化作落叶，触目景致幻作风。一阵风鼓来，眼前尽是漫天狂舞的枯叶。红砖堆上散落着砖块，乱糟糟地堆放在上面。这样冷的天，孩子们在这里做什么呢？难道孩子也跟自己一样，在漫无目的地想追寻点什么，却什么也寻不到而漫无目的地满世界游走？不会，一定不会，孩子怎么能想到这些呢！可是那砖堆上的确是孩子。

　　你终于记起了些什么，袭来的记忆像穿越了很厚很厚的时光风尘仆仆地扑在你跟前——孩子们在挖洞。堆在眼前的砖堆只不过是个空架子罢了，里面被掏空了，变成了孩子们自己的居所。里面宽大得足以容下十几个孩子，简直就是一间大房！孩子着急呢！农村的孩子一直跟父母或爷奶一块儿住，没有自己的空间，他们渴望着自由与独立。他们试图在隐匿在世界的角落里挖洞，焦急地找寻另一个世界。

　　我发现不仅仅是陶渊明在找寻他的世外桃源，莫尔在找寻他的乌托邦，梭罗在找寻他的瓦尔登湖……孩子也变成了哲学家、思想家，也在以他们自己的方式追寻着哲学的形而上，尽管他们还不懂得"哲学"是怎么一回事情，比读了多少年诗书的自己更明白应该如何去追寻属于自己的世界，你开始佩服这些孩子了。

　　你不得不佩服孩子们的想象力。眼前的这堆砖在孩子的眼睛里看到的是一座房子，一座自由的房子，一座没人发现的房子，一座只属于自己的房子。记忆里，你清晰地看到，你也像眼前这些孩子一样，在玉米秸堆里打洞，掏空了砖堆，撅着屁股钻进那个洞，两腿攀住树干，试图在一搂粗的柳树上建一座属于自己的房子。

砖堆里掖藏着另外一个世界，你不想去打扰。探出脑袋来的那个孩子在勘探周围敌情吧，他那双水灵的大眼睛一定看到了傻站在这里良久的你。你开始担心了，担心孩子们发现你后会担心你会闯入他们的世界。所以，你故意走开了。你却一直没发现，你是这样了解孩子的心。只是遗忘了吧，遗忘了就变成了无，空落落的什么都没有，即便是再敏锐的眼睛也发现不了什么——只有记忆，重新记起，眼前刺啦燎起一串火花，顿时能洞察一切。

树枝想去撕裂天空

但却只戳了几个微小的窟窿

它透出了天外的光亮

人们把它叫作月亮和星星

——顾城的诗《星月的来由》

　　静静的柴垛、齐整的砖堆、漆黑的门洞，掖藏着那些从不为外人知道的心思，逃离这个世界的心思。这个世界，太静的物象后面隐藏着另外一种生活——"平行的世界"，平行着一种生活。想来真有些可怕。那或许是伴随时间疾驶而过的，或是你的世界之外的生活，那边的生活你一点都不知情，显得无知，可怜兮兮的无知。这些想法足以让你感到安慰了，这次是被想记忆却又记忆不起的烦恼牵出家门，走过池塘，走到打麦场，绕一个大圈子再回到庄里，兜回一脑袋回忆。我看到你嘴角上挂着一丝笑，你笑了。这就是你想回到这里，你想找寻的东西吗？似乎又不全是。你不知道自己究竟想要找寻些什么。那种东西只能在触目之后才能记忆起来吧，你相信庄里有一个助忆的东西，能让你记起些什么。

　　你渴望回忆就像孩子渴望自由一样，也去墙角挖洞，也去池塘。哪里有另外一个世界的入口呢，哪怕是只有一个小洞，只要能钻进去就行了。

你也曾这样生活过，只不过你忘记了，忘记让你怀疑世界的虚无。忘记了，上苍把那些痛苦从你脑海里删除的时候，捎带着也把美好删去了。某一天，在垃圾堆里无意间发现被逐出脑海的美丽时，就像阔别多年的旧友，四目相对时，只剩落泪的份儿了。

原来眼睛见到的静静世界里还裹藏着另外一个世界，生活便有了夹层，每一层都有酸甜苦辣咸的作料。被自己遗忘的世界该不会孤单吧，心里莫名的担忧，原来的你已经被时间从那个世界里掳走了，从此你陷入失忆的泥潭。时间就是一个强盗！你朝迎面扑来的风破口大骂！那阵风饶过你，在身后打几个旋儿，飕飕裹走几片枯叶，消失在你模糊的视线中。从你熟悉的地方走过，再也无暇瞥它一眼。时间让人逃离一种生活，进入另外一个世界，不管你情愿与否。好在，又有一批穿着开裆裤的孩子爬进那个门洞，钻进自己居住的世界，他们也在逃离，逃离自己现在居住的世界，童年就是一次越狱，时间把自己又逮捕回来。想到这些就会哀伤，你竟像个孩子呜呜哭起来。

大人们见孩子不见了，扯着嗓子叫喊，孩子们一定听到他们的呼唤了，正因为听到了，他们一个个才惊慌失措地找寻另外世界的入口。爬进了门洞、钻进了玉米秸垛、溜进了掏空的砖堆。在那个世界里，呼唤的声音渐渐小了，最后只剩下耳蜗里幽幽的回响，留给世界一片岑寂。

日头晕红了半个天，庄子西口的那棵榆树上的叶儿变得火红火红，枝上的榆钱儿被风吹干了，像之前一样散落下来，风不知在哭嚎着谁？孩子们的世界里，天黑得早。暮色苍茫时，大人从院子里走出来，立在门口，各自喊着自家孩子的名字。声音能传入孩子们的世界，大人们总训孩子听不进大人的话，"不听老人言，吃亏在眼前"，其实，他们说的话，孩子们一字不落地听着，都记在了心里。你瞧，那呼唤声起伏了没几次，他们不知从哪里出来了，就像刚来到这个世界一样，朝西边看，能看到最后一抹晚霞跳动的黑影，就像是彩色音乐册上黑色的音符，于是，在夜幕降临的时候村庄又上演了一场精彩的节目,该谢幕了。

夜那只黑手柔和了两个世界,你躺在床上,回想着这一天的行程,所见、所闻,一场梦吧,梦也只留了一帘残影,可怜巴巴的。

若是在睡前想什么就能拿什么如梦,就拿今天的行程入梦吧,我从不挑剔的。

旧物

天晴得很好,光柱中飞旋的灰尘似在诉说着阳光的碎语,透过捂了蓬蓬灰尘的纸窗,直通进那间老屋。

那似做旧的阳光,做旧的尘土,四散在老屋里的旧物上。仿佛一切复古,变了灰蒙蒙的色调。许是我喜欢死醉在回忆里,每每这些入目,便再也拉不回远去记忆里的我。过去的光、影,都返在眼里,连心也作古了。把锈迹斑斑的钥匙掏进门鼻,拧了几圈,钥匙链碰发出铃铃声。吱扭一声,木门开了。几张破旧的蛛网仍在墙角,不知它捕了多少苍蝇蚊虫,只是不见了蜘蛛。

花格子木窗幽怨着古色,窗外能看到一棵老石榴树的树梢。想是春

色还未款步至此,从木窗往外看,见一杆枯枝突兀在干裂的地表,丝毫看不出生命的迹象。石榴树也在渐渐老去吗?只是它没有花白的须、伛偻的背,看不出,说不明罢了。走进那间老屋,扑了满身阴凉。一张黑漆方桌靠在北墙边,上面摆了几只泛着朴色的青瓷妆奁,还有几只锈了的麦乳精铁盒。这间北屋里有些凉,古旧就是微凉吗?

墙缝里塞了姥姥一团团的头发,记得姥姥每次梳完头,从梳子上将下一捻头发,在指头上绕了又绕,团作一团,塞进墙缝里。剥蚀得斑驳的墙上挂着姥姥的照片,照片尽管是黑白色,但到处可以闻到她身上熟悉的气味,那种味道似乎缚在了屋里每一个空气粒子,她的音容笑貌历历在目。嗅到了旧时味道,阳光仿佛有些发霉了,倒扰乱了这古旧味道。一根漆了黄色油漆的拄杖挂在大厨一角上,那会子,许是我玩倦了,踮了脚,挂在了那里。自从我从这儿搬走,就没人再动它了。老屋定格了时光,空气凝滞得让人喘息不得。在感觉里,时光就错乱了,成了记忆的蒙太奇。

耳朵里塞了耳机,听着杨光沉静的嗓音,轻轻哼唱《远方》,呷摸着"我看着远处最熟悉的地方",看见远方渺渺炊烟在流浪。我说不清心里的滋味,但我可以肯定,是淡淡的感觉,不凝重。

木床根上架了几只黑漆木箱,上面驮了一只油光的筐箩。这些又让我看到了鼻梁上架了花镜的姥姥侧在床沿上,捏着一根拖着线的针,缝补衣裳。填满了麦瓤的枕头边躺着拴了铜铃的灯线,灯线淡黄,顺着灯线看去,见从房顶上坠下来的灯泡也沾满了油灰,像一个刚从秧上掐下来不久的黑皮小西瓜。墙根仍残留着泼了酽茶的淡痕,就像圈在大树心里的年轮。它们也在刻意地记着打马而过的时光吗?要不,这样经年历月,它怎么还如此清晰呢!

我想,旧物也在记着时光流转吧。在斑驳的光影下,我能看到它们脸上的斑驳泪痕。

钻进那间老屋,寻觅着旧日的所有和所有的旧日。在屋里来回踱步,手指触摸着熟悉。直到那夕阳横斜,满窗粉霞。

闲暇时间,我还是喜欢独自去那间老屋。

我知道,即使我满头白发狰狞,再走进这间老屋的时候,我仍旧是个孩子。

呼啸过往

我们的生命就似渡过一个大海,我们相聚在这个狭小的舟中。

死时,我们便到了岸,各往各的世界去了。

——泰戈尔《飞鸟集·242》

一

也许迷离过了才会清楚过去,经一番混沌之后才会有所体悟。

我曾经迷信过时间,认为时间便是万物主,你可以把所有伤心、所有烦恼一股脑儿扔给它,期盼着冰释。我渴盼着,渴望着能有这样一天,再

翻弄出抽屉里那些过往的时候,不再让泪水把自己淹没。

　　2011年的高考尘埃落定。电话里送来的是欣喜的声音,一年的煎熬啊,到现在可以算作结束了。电话里他如是说。挂了电话,说不清心里是什么滋味。是嫉妒?是羡慕?我找不出合适的词来形容此刻的我,此刻我的心情。以前曾和我一到玩乐的你们该是怎样的欢呼呢?我想象不出。也许,时间的砂轮业已把我原本善感的心磨损,感受不到你们的感受了。一年,一年中你我在做些什么呢?

　　想起那些曾为梦想穷追不舍的身影,泪水会打湿眼。自己也曾为梦想奔波过,好累的旅途呵!也不曾有过休息的欲念,只是奔波。心的水湾里汪着一弯清水,映照在眼睛里的,只有荡悠悠的梦,让我日思夜想的梦,久觅苦思却不可得的梦。所以,我仍旧跑着、追着。既然选择了远方,便只顾风雨兼程。这是怎样妖艳的一句诗呢!我形容不出,也许就像风雨兼程中的影子,娴静而温柔,面对这些娴静,我总是词穷。

二

　　当一切成为过往,旧日缠绕在耳畔的旋律又响起来的时候,眼角散发着酸腐气,我能感到泪腺在鼓胀着,蒙在眼睛里是一层泪。过往总让人忧伤,似那悠长的旋律把人的思绪拽得老长老长,再也回不到心灵的原处,只是前行,只是泪流,泪流过了,哭号过了,还得前行。旧忆中那些过往杂着喜乐,让我莫名地哭笑。曾一块儿骑着单车飞驶在乡间野地,曾在KTV一起唱到泪流,曾……多少鲜活变成了"曾",变成了无奈,变成了后来的笑泪。张爱玲说,生命是一件华美的袍子,爬满了虱子。我们在经历着日后回忆中的过往,我把这些想法折成一只只千纸鹤,放进信笺里,遥寄给远在时间那头业已老去的自己。我想象着佝偻了腰,挪不动步子的我是怎样颤着手打开这封时间的信,那些沉睡的纸鹤怎样美丽地飞出来。细密如针脚的经历会变成颗颗缀在两颊的饱胀的泪珠吧。

时间真是个好东西。能让人在遥远处看近处的自己,老了,竟突发奇想,想象着曾经的自己还在不在原来的地方。便拄了油光的拐棍,挪到儿时耍玩的地方,那里正有几个淌着鼻涕的顽童在戏耍,孩子在为他认为天大的事情大哭着。我想,人老了,每天都会悲伤吧,或多或少。脑海里几十年的日子,看到这些,该承受多大的悲伤呢?

三

被时间碾为尘沙的岁月,如何我再也回忆不起? 我一直相信,悲伤是时间骨子里的东西,刮也刮不去,所以人每每会悲伤。

喜欢许巍,喜欢他那充斥沧桑的嗓音:"如今我对自己的故乡,像匆匆来往的过客。我在远方,很多的岁月,时常会想起你,这一刻的情景。"我迎着风唱,让每一股软软的游丝闯进我的喉咙,所以我呐喊。

喜欢独自一人去海边,静静地在沙滩上寻觅被海水抛弃的螺蛳,把螺蛳托在耳边,静听着荡在里面的那些老人的旧传说。静躺在沙滩上的螺蛳曾经历过多少风浪呢? 小时候,案上有一个大螺蛳,听太奶说,把耳朵凑在螺蛳的大孔上,能听到海的声音。那时,我还没见过大海,每次放学回家,就捧着案上的大螺蛳。那里面装着风,装着浪,装着大海。

四

在时间的罅隙里躲藏,躲着人去寻觅属于自己的虚无。

感觉不到窗外蓦地成为你眼中的风景的可人儿的欣喜，我喜欢窗子，也憧憬着能像黄永玉那样自己每一所房子中都有一个可爱的窗子，镂着古旧梅花、雕龙飞凤的窗子。我迷恋古代的建筑，窗子里借来的景致。不管居住在哪里，总该有个像样的窗子，可以看见心以外的窗子。窗前，静坐，看天，遐想。

五

有一天，我似乎懂得了流金岁月的含义。伸出食指，堵住一只耳朵，另一只耳朵里就有了沙沙的声音，那或许是时间的声音。我们在拿"年"、"月"、"日"、"时"、"分"、"秒"丈量着时间，时间在呼啸，在生活的静处，时有所感。时间扑扇着翅膀，在孩子清澈的眸子里飞翔。能看到逝去的吗？能看到掺杂在时间流沙里的悲伤吗？可那眸子是清澈的啊。

我时常因时间的流逝而去做一个忧天的杞人，摩挲着躺在掌心的活蹦乱跳的时光，就像在抚摸一只肥胖的花猫。肥肥的花猫多温顺，可时间呢？

呼啸在耳边的是时间吗？那飞过去就成了过往，都撇下我呼啸而去。

隐藏的纯色世界

　　转过一条路，一条陌生的路。那里一切都是陌生，苍青的柏，枯黄的杂草，杨树撑天而立。石凳杂沓，旧雪斑驳，曲径在雪下或隐或现。我独自走进这样一个世界，这里人烟渺渺。空旷充斥着周边，干冷的风从树行间抽出，一刀蹭到脸上，不知是否划出一道殷红的口子，只觉得生生的疼。

　　抱着那本还没读完的《各自的朝圣路》，素白的封面像极了这个世界里漫雪的样子。圣路上也许只有落雪才能肃静，才能这样圣洁。我喜欢手里拿着一本书，尽管肩上挎着包。把自己喜欢的书拿在手里，感觉踏实。抱在怀里，给自己留一份温存。

　　那是一个怎样的世界呢？里面不曾熙熙攘攘，亦不曾喧嚣斥耳。转进这个世界，银装素裹，枯枝败雪。那不是理性的世界吗？若是，那为什么还有痛苦？那是感性的天国吗？若不是，那为什么还有美丽温暖思绪？我搜寻不出哪些适合的词语描述它，只能罗列，只能罗列。

　　也许他们不理解这个世界，也许他们就不曾来过这里。孤单漫来，

与树擦肩，落了一地雪。这个世界的人本就少。他们疯了一样，游走在这雪后的院子。时而突兀地呐喊一声，加重了风的凉。那对人生本质的思想也就在这里诞生吗？无人问津的世界里，你就变成了你自己。

一条鲜活的生命游走在这里，不知惊醒了冬眠的生灵没有。静的世界呵，你裹着多少小的生命？史怀泽的"敬畏生命"在我的脑海里充斥着，生命的神圣就像这个素裹的世界一般，信徒的心一样，晾在阳光下都是透明的。我也是一条生命啊，正感受着隐着的和眼前的生命。生命的意义也许就是生命间的相互体会吧！生命的意义如何，模糊着我，模糊着整个雪的世界。

也许我们会在这个世界邂逅，也许殊途同归，在路的尽头两头相碰。为同一个生命的感觉碰到一块儿，为同一个目触的泪零感动在一处，那是一个怎样的世界呢？可爱的生命呵，你可一直在追寻着栖身之地？可曾发现这个可爱的世界？在他的心中，你可否哭出声响？也触摸到她的哭声？哭在对方的心里，泪水交织不到一起时，就枯涩了。

树丛里，漏出些惨白，许是雪快被细瘦的阳光舔尽了。暗灰的枝干下是残雪，干硬的竹叶仍在坚守着翠翠的君子之心。满眼枯色，却满眼生气。天空被树撑得老高让人想起西方的教堂，一抬头就见到那天国。这样，一个个生命也就静了。穿着素色的霓裳，疯也似的舞在上帝面前，让灵魂安歇。

那世界该是怎样的冷呢？嘴唇颤着，干裂得生生的疼。咽一口唾沫，坠下喉咙，利刃似的划过。我抱紧那本书，伸手拉上背后的帽子，带着一股凉风幽灵似的从这个世界飘走。

念安静

　　喜欢独处,所以在读到朱自清先生的"独处的妙处"时竟激动得不能安静了。独处是为了给内心寻觅一方净土,旷于自然中。开垦其上,杂种些兰桂竹菊,或立些豆棚瓜架。春种秋收,也顺着老天的耳目,中间会有怎样的心情,我不得而知。只是深深地渴望那种生活,能活在自己的心情的生活。

　　文学是一块海绵,浸在海水的安静中。

　　真想象不出一个优秀的作家在观者面前说得天花乱坠的样子,那他或她还是一个作家吗?我感觉一个真正的写作者应该是寡言的,安静才是他们的追求。其他不需要什么粉绘彩饰,他们甚至迷醉在安静的时间里,任那一行行文字剜走那一脸的浅笑,重重地把脸皮坠下来,微张着口,和两眼呆滞的光。然而他们仍旧沉醉,一语不发,安静中他们在体会安静。

　　静的时间不多,也唯有夜晚吧。见他们赶着一头小叫驴,挥舞着手里的笔杆,笔端系着捻得盘曲的头发,夜路似乎很漫长。凉雾不知什么

时候也浸漫下来,弄得一身漉漉。文学需要安静,正如周国平先生所讲,文学是离不开这样一个极其曼妙的世界的。

安静中才会款款地吸收土地的营养,慢慢长着自己的身子。喧嚣的、浊臭逼人的世界里,还会有黄钟大吕吗?喜欢安静,一切安静的东西。落雪、飞雨、漫雾。把身子坦在窗前的躺椅上,轻轻摇着。安静竟也能让人细细品呷的,宛若淡淡的绿茶,入口尽柔,清韵淡幽。

文字本就是安静的,经不起大吵大闹。文字是几千岁的老者,眯着眼吐一口烟,看那烟圈渐淡开去,心里就暖了一世的温存。

福克纳在安静中落着自己的文字:"我写出来的东西要自己中意才行,既然自己中意了,就无须再讨论,自己不中意,讨论也无济于事。"这是一种怎样的心情?那文字是自己的,别人一个字都夺不走。安静中,我在寻找我可爱的文字,一个个,不!是一枚枚,零星散在纸上。一行行,清爽的文字渐渐铺开。把雕着花的一枚枚文字轻轻拈起,小心翼翼地丢在心里,看那起来的圈圈涟漪,也是安静吧。那像极了无声的浅笑,漾开了。

那些站上领奖台,却支支吾吾的作家,真是可怜哪。他们把想说的尽说给了文字,还有什么好说的呢?我只会把我最好的东西装进文字的兜里,剩下的残渣就随便收拾一下吧。

可怜的卡夫卡啊(似乎所有优秀的作家都是那样值得同情),临死前毁掉了自己所有的信件,他想在那斥满雪香的天国里会是安静,没有尘世的喧嚣。作品里漾着疼痛的卡夫卡经受不住嘈杂,多么渴望一段安静的时间,而后静静地舔舔渗在生活里的苦,落几行安静的文字,如此而已。

沉默呵,静观着眼前的事。

听那悠悠的丝竹声响起,安静也就漫开了。晕黄的灯光四散着甜甜柔柔的香——夜好静。

虚构成瘾

　　就连我自己都不知道从什么时候开始，我开始少言寡语了，开始喜欢静了，喜欢熬夜了，喜欢日上三竿之后起床了。我仿佛被一只大手抓着，紧紧抓着，挣也挣不开，走也走不脱。我在追求虚无的东西，就像是弯曲的藤蔓挽住了我的脚，在现实生活中再也迈不动半步。我开始学会逃避，且以逃避和颓废为荣，不正常的生活状态才是我最正常的生活状态，在这样的生活里，黑夜成了白天，白天成了黑夜，早晨从中午开始，世界仿佛颠倒了，我被甩进了连我自己都不知道的地方。那里只我一人，可我不孤单，因为那里有群蚁排衙的文字，一个一个的，或者说是一颗一颗的，文字就是一颗颗珍珠，闪着它内在的光。我并不是套用古人字字珠玑的旧说。只是黑夜里见不到太阳，我害怕太阳的光，就像害怕周围人不认真的愚弄一样。我渴盼黑夜，黑夜里有月亮，还有很早就撒进心土里的星星。我喜欢闪烁，心里的闪烁。我知道那星星的闪烁对我来说意味着什么。

　　昼太阳夜月亮。白天是男人，夜就是女人了。夜温柔得像个少女，

弯在夜空里的月牙儿就是少女的一道眉了。星星是少女的眼,一眨一眨的。就是在这样的夜里,我写着我的心事,不想也不愿意对别人说的事情,用声音传达的事情,心事化为声音,该是怎样枯燥无味呢? 我把他们一一落成文字,一个一个的,跟你说着。我着迷于这些文字的胡言乱语,尤其是在夜里,我在夜里就是一个疯子,十足的疯子。夜里,你看不到我的脸,所以,我可以在脸上挂上任何荒诞的表情,夜里,你不知道我是谁,我也不知道你。所以神秘,就像小时候奶奶嘴里的故事。夜里,人是自由的,无论在梦中,还是清醒着。梦的驰骋,清醒的放肆。我试图尽力拉伸自己的身体,把自己拽得老长老长,变成我故事的主人。每次写画那些人物,人流泪了,天就大亮了。从东边一直亮到西边,不知是谁在扯着一块白色的幕布,遮盖了夜的黑暗,天就亮了。

天亮的时候有一种悲,我笨拙的言语形容不出的。就是那样一个时刻,人还都睡着的时候,梦的帘子还没有撩开,可是天已经亮白了,偶尔零星几声犬吠,或是拖得很长之后,在嗓子里呜咽的鸡鸣。就是这样一个时刻,灯下的你会有悲伤的感觉,那悲伤是蘸着拂晓的露珠的,凉凉的。在等着你们醒来,等着天亮彻底以后,把劳累一夜的灯关掉,把自己也关在梦里,不再去管天亮与否,闭上眼就是夜里——偶尔瞥见书架上方一本小说集的书名。这学期刚开始的时候读过她的《纸婚年》,不知为什么感慨那么久。其实,只读过她仅此一篇。我不喜欢那种文字的味道。而贾平凹和迟子建似乎是两个极端,就像现实生活中两个性格极端相左的人,不知道我会痴迷这两个人,两个人的文字极其迥异,也许我本身就存在着两个极端,才会有这样的喜好。我没读过多少外国文学作品,只偶尔翻翻,也翻不见能让我瞪大眼珠子的文字。没有深入,也许是,没有弄清楚深处的流深之水。需要时间,然而看样子时间并不是多么充分。

多读书,我曾这样设想过,在维持生活以外的所有时间,就是读书,至少现在是这个样子。以后也许就不怎么读书了,或是不再像现在这样疯狂地读书了，想再这样读也就没有机会了。没有时间给你读书，这是一件多么让人伤心的事情！拥有的时候，总是过去在不知不觉中，到她悄悄溜走之后，愣在那里，不知所措。读书捧在圣台上，闲暇时间写作。

虚构感情，虚构感动，虚构爱情……却虚构出了眼泪，虚构出了惊讶，虚构出了等待……我总是沉浸一段时间之后，拿出自己磨好的作品，像漫天飞舞的纸屑那样往外投稿，的确，每一次投稿都是一次文学梦的长途旅行，她带着你的思想呢！会因为她而欣喜若狂。想有一所倚靠着海的别墅，楼下有一个邮筒，每次我下楼的时候，都会见到穿一身绿装的邮递员，他递给我的信件里，有我定的我喜欢的杂志，有退回来的稿件，也有汇来的样刊。有欢喜也有淡淡的哀愁。就像一位老农一样，也是春种秋收。

觅知音

哲学上有一种观点认为人生而孤独，也正因为孤独才会对所遇之人心生悲悯。短短几十年人生，其忧郁愁苦几何？壮志难酬几何？孤独寂寥几何？人常处不得已的环境，却又无法改变，产生那些"几何"的感

慨。常听周围人说人生苦短，要及时行乐。

人这一生不总是孤单的，因为有人一直在陪着你，有人知道你，有人了解你，这是一笔极大的人生财富。汪曾祺有一篇名为《鉴赏家》的短篇小说，小说中讲了一位画家季匋民，一位鉴赏家叶三。季匋民的画作，叶三总能洞察其意旨，三两言点睛，时出妙语。我想，人的一生中应该遇到像叶三这样一位鉴赏家，在人生之中才不枉走一遭。

高中读书的时候，班上极少有喜欢文学的学生，常与班里的一位语文老师在一起谈论。尽管我们年龄相差甚远，但闲杂时光多在一处闲聊，彼此交心。每有佳句，我就跑去找他，为一个字争得面红耳赤，为一个词僵持良久。现在回忆起来，那些时光也是颇可咂味的。也正是那时候，我对文字真正产生了一种依恋，文字的那种美感在那段时间里渐渐沉淀在心里。出于对一样东西的喜爱，可以让两个人忘年而交，让彼此之间相互知道。其中之妙，妙不可言。我记得在《艺术人生》的一期节目中，笛安采访红学家周汝昌先生时，问及先生的愿望，先生是做了这样的回答：我得遇见一个真正的知音，知道我有多少能量还没有发挥……我能做什么很少人知道——话说到这里，先生一脸失落，在说"我有知音难得之感"这句话的时候，竟一字一顿。没有人了解自己该是怎样的落寞与孤寂？我时常会想，在这个世界上会不会存在另一个自我，而另一个与自己是彼此相知的，假若真如此，世间该少却多少寂寥呢？

伯牙诵云："忆昔去年春，江边曾会君。今日重来访，不见知音人。但见一抔土，惨然伤我心！伤心伤心复伤心，不忍泪珠纷。来欢去何苦，江畔起愁云。子期子期兮，你我千金义，历尽天涯无足语，此曲终兮不复弹，三尺瑶琴为君死！"

自有伯牙绝弦，羊左之交，伯乐识马，后世人便多慨叹知音难遇。鲁迅先生才发出"人生得一知己足矣"的慨叹，周汝昌先生才有"知音难得"的一字一顿。

知音须"觅",而觅字之难须真正去觅才会知道,人生本就苦短,在世上走一遭却无人了解自己,无人知道自己,孤单一程,那种滋味岂止是一句慨叹、一声长歌所能表达真切的!张爱玲曾说过"出名要趁早"的话,我索性拿"觅知音"译"出名"二字,这样似乎更真切,更安妥些。

自己的园地

这本不是自己所想的一个题目,见周作人旧书《雨中的人生》中有《自己的园地》散文一篇,甚为喜爱,索性一字不易搬挪至此。

自己的园地,这个题目既可以指现实生活中自己的所在,又可以指精神世界的领地。每个人都有自己现实和精神的领地,自从呱呱坠地的一瞬间,上帝便分给人一亩三分地,由自己去耕种。躲在茅檐竹椽下,日采野薇,暮餐晚霞,或有丘陵山坡起伏于目侧,趣味便更佳。

诚如周作人所言:"种果蔬也罢,种药材也罢,种蔷薇地丁也罢,只要本了他个人的自觉,在他认定的不论大小的地面上,用了力量去耕种,便都是尽了他的天职了。"自己的园地本就是一片荒芜之所,枯草丛生,野物出没。抑或是一片盐碱地,白碱铺地,寸草未生。终究是要从头开始

整治的，由着自己的喜好在这片土地上浇水松土，添枝加叶。毕竟出发点是自己，也就特别上心，园子渐渐就真正属于了自己，园子也就有了自己的特色。

人生的发展过程何尝不是对园子的经营过程！有的人家的园子里百草丰茂，蔬果满枝；有的人园子里却荒芜颓败，满目萧索。尽管这是两种极端的园子，也倒是人的一种脸面了。观园而知其人，如同字如其人一般。园子理顾的如何，多少也能见人的状态。

精神世界的庄园也在自己思想的支配下春种秋收，结出的果子也不尽相同，但是人们都乐在其中。周国平先生在《各自的朝圣路》的序言中说"世上有多少个朝圣者，就有多少条朝圣路。每一条朝圣的路都是每一个朝圣者自己走出来的，不必相同，也不可能相同。"躲在一处独自惨淡经营一方土地，个中乐趣恐怕也只有自己真正知晓，真正咂到滋味。有乐趣，自不会孤单，驱走了孤单，乐趣自然横生。

我是喜欢花草的，园中指甲桃、月季、香椿杂沓，也别有一番野趣。人们总是在寻找一种接近自然的合适方式。老师有一篇名为《生活，是一个不及物动词》的文章，读来颇为有趣。有这样一句，索性抄录于下：

在生活与身体之间犹豫徘徊的现代人由于拥有了丰富的物质和多欲的身体，反而找不到主体进入世界的方式，有了所谓的"选择的困扰"。

如何在自己的一方园地上找到"主体进入世界的方式"呢？这要让每个人说起来，恐怕不止千万种。当然，"及物"的钥匙也不止一把，用哪一把钥匙捅开的都是精彩，只要自己找对自己称手的钥匙，进入自己的庄园，苦心经营，想必会越发精彩，或是精彩纷呈了。

有一方称心的园地的确不易，找到打开园地的金钥匙也困难重重，侍弄好这小园地就更艰辛了。可是，至少这个过程夹杂了不知多少趣味，即使园子里终究荒芜，不见葳蕤之色，确也值得了。

生活的苦难

藤椅上的我正淌泪，阳光响晴。是阳光刺痛了眼睛吗，还是自己在试图用闪光的晶莹零散这讨厌的阳光？我极力地睁开眼，想看清这个世界，却终是泪眼扑朔。瞅着这淡淡如水的日子，拧捏着心里的郁结，呼啦滑进嘴角的泪。

日本地震了。报纸、电视、网络的报道铺天盖地，却满是一幅幅中国人骂骂咧咧的嘴脸。我想，当人类在面对自然灾害的时候，思想应当提到一个大写的"人"的层次上。天灾是不认识国籍的，同样，立于自然灾害面前，我们只属于一个大写的"人"。

虎年的末尾，史铁生终于吃完了人间的苦，离开了这个世界。我总是在假想，假想生活中的假如。小学时候，读到先生的《我与地坛》，却如何也没读懂。却联想到我家附近也有这样一个园子，同样长满了杂草。赌气的时候，总是喜欢跑到这个园子里，捉蚂蚱，扑蜻蜓，读了《从百草

园到三味书屋》也学鲁迅先生拔了草根看像不像人形。后来懂事了,看清了以前总是在逃避生活之苦的我,总是苦觅欢乐。

读完《老人与海》,心里空空的,失落着自己无着落的心。这大概是我第一次读这本书的感受吧。后来读了海明威的传记,好像自己也随了他在中途搭上一辆不知去往何地的货车,到处是陌生。他开枪了,枪口对准自己的太阳穴,"砰"的一声,整个世界就宁静了,再也感受不到什么苦难。我开始看清散布在生活麦茬地里的甜苦,变得敏感起来,每每读到苦难的文章,总是放缓了眼睛的速度,细细读下去。

生活中不总是满添着苦,但不乏苦。每个人都有一个装苦的行囊,但有人乐在其中,有人却视苦如伤。很喜欢刘心武先生那句"嗜好这一份万籁俱寂中的苦涩",写作也是如此,为寻求一个写作的支点,需要不断上下求索,熬白了双鬓,写坏了手指,累坏了眼睛……这恐怕也只有作家自己能够体会这些。

有时,也需要"自找苦吃"。走在自己朝圣的路上,总是苦不堪言的,也许你出发的目的也仅是抿一口终点的甜,这点甜也就足够让你欢欣了。欢欣你曾走过这样一段路,满载着自己勇气的路,而这条路也会一直在心里蜿蜒,通向也仅有一丝甜的远方。

一颗年轻的心却披上了终老的外衣,低了头,躬了腰,垂了脸,只剩没有花白的胡须和堆垒的皱纹了。也许感觉苦久了,就会念想甜蜜。

人生的意义不是追到幸福时一刹那的甜心,而是在追幸福的路上所遇的苦难。

天晴得很好,而我也终于知道,很多人也同我一样,正仰着脸,眯着眼,看着细碎斑驳的光流泪。

年底

年底指的是逼近年的这段时间,在我们那都这样喊。

见庄子里外出打工的男人扛着大包小包回来了,女人不在地里滚爬,拾起了笸箩里的针线活,街上零星着追跑的顽童,年关大概就快到了。

家里冬天多风,天气干而冷,雪倒是下得不勤。庄子里家家户户生了炉火,一家人凑齐,因天冷,就团坐炉旁,或煮茶闲谈,或拾掇零活,倒是乐趣丛生的。屋里的炉子自从燃起时就不再灭了,晚上,家里老人在炉膛里撒些碎炭,或是渣子(隆冬,庄里人家大都用淤泥、炭、水混在一块儿,以铁杵捣之,晾干,谓之渣子。这是省炭之法)糊在炉口,洞三四小孔,导气用,炉膛里的火就氤氲一晚。翌日,用火锥捅下,添新炭,以炉盖盖之,未几,炉膛呜呜然。屋内复暖如初。

守在屋里自然熨帖。但逢暖日,阳光普照,风歇煦暖。男人或三或五,围成一团,凑于北墙下。或谈稼穑,或谈女人,兴致高时,取出口袋里的手,比画乱舞,或有妙语出,大笑群欢。女人则手揽针线杂活,寻二三新旧姊妹,凑于一家,闲聊农事,亦多欢声。

老人自然闲不住,身子裹得臃肿。头上裹了青灰的方巾,或是戴了厚厚的棉帽,院子拾掇,胡同扫尘,灶房擦洗……凡零碎细活,老人一一清理,虽动作拙笨,但时日冗长,年至,院子、胡同、火屋净洁爽目。孩童学堂回来,书包一扔,杂食些点心、果子,伙伴几人凑成一块,或捉迷藏,或打纸包(有的地方叫元宝,儿时常玩的游戏,纸折成方形,置于地,打,翻为胜),或取拆解的炮仗,燃香顿响。硝火味道大约就是年味了,胡同里炮仗声起,自然妙趣横生。

年底,庄子里男女老幼各守着自己的乐子。太阳东升西落,人日作夜息,小村庄里也在演艺着万物轮回。

屋后堆的老高的柴草,年底就剩了薄薄的一层;火屋里崭新的灶王爷,到年底就变了灰头土脸;墙角空空的浅瓮里,到年底就吞满了炖肉……空气弥漫硝火,屋里变得拥挤,身上换了新衣,脸上挂了积了一年的笑。走在乡间小路上,凡是入眼的景都是那么喜人。风吹得世界有些冷,可置身于这田野乡间,心暖。

当一个爆竹炸响在我身边时,这才猛地意识到,哦,年快到了。

与古为徒

愁浓墨淡人空瘦

——陆游与唐婉

　　沈园的花儿已经谢了。我想再也不会开得像那日一样艳。伫倚危楼，园中只有一杆枯瘦的背影。

　　放翁已经来不了此处，愈老的心愈化不开这杯浓愁。忆起古稀之年的两首诗，年迈的陆游又被卷入感情旋涡。沈园里，情像雾一样浓，会纠结于心。沈园里繁花似锦，多半是认识陆游的。花开得正艳，似乎又暗淡了许多。春水泛青，宫墙柳绿，壁间磨痕累累，雨水冲刷的痕迹还依稀可见。也许真的老了，当年题诗的墙壁都已经残破不堪。游走在愁比景多的沈园，视线中摇曳的却是唐婉的影儿。

　　科举失意，陆游回到家乡，怡情山水，无意间去了沈园。也许是上苍的特意安排，就是在这里，在这沈园，陆游见到了唐婉。事后写下了这首词。此后这一面竟纠结于心中半个世纪！在风烛残年，须发飘然，再见到那题壁的词，不禁老泪湿衫。

　　红酥手，黄藤酒，满城春色宫墙柳。东风恶，欢情薄，一怀

愁绪,几年离索。错!错!错!春如旧,人空瘦,泪痕红浥鲛绡
透。桃花落,闲池阁,山盟虽在,锦书难托。莫!莫!莫!

　　谁也想不到,一生以爱国光耀千秋的陆游也经历这样一场刻骨铭
心,抑或是撕心裂肺的爱情悲剧。这段回忆竟随了他一生!

　　一切宛如在昨。唐婉已显消瘦,纤纤玉手已经没有了那时的滑润,
瘦弱的身躯在沈园的风中微微晃着。唐婉更显风韵了。陆游望着唐婉,
唐婉看着陆游,四目相对,四行泪。唐婉的丈夫赵士程可能是竟有些怜
惜陆游了。唐婉便找了个机会,两人谈话。唐婉让丫鬟端着一杯酒来到
陆游跟前。

　　其间的谈话在历史上没有详细的记载,只得由后人无限遐想了。这
确是恰到了好处的空白,正因如此,对这段凄美爱情的猜想才不会终止,
穿越百年到今天仍然让我们回味。我揣测着,两人也就交几句关心话。
不能在像以前那样耳鬓厮磨、举案齐眉了。我想他们的心是忐忑的,这
样拘谨的谈话只能让双方钩沉往事,泪流不止……这也只不过是一场邂
逅,以后竟无缘再见。

　　回想未生华发之时,两人饮酒作诗,吟咏啸歌,无不欢愉。可时运不
齐,命途多舛。谁承想,那年科考,陆游名落孙山。娶妻数年,膝下无子。
陆游的母亲就怀疑到唐婉身上来了。古语云:不孝有三,无后为大。唐
婉没有给陆家生下孩子。而此时陆游在仕途上也遭受了前所未有的打
击。母亲认为这样下去,唐婉会耽误了陆游的前程。父母之命实难违,
陆游便一纸休书把唐婉休掉。不管是古代,还是近代,因父母之命、媒妁
之言而产生的悲剧无法计数。但在这无法涂改的悲剧中,两人虽相隔万
里,却一帘幽梦两地情。他们纷纷化蝶幻鸟,在精神世界中上下翻飞,成
为隽永。

　　陆游、唐婉两人感情甚笃,在这以后还广泛流传着这样一段美丽

的故事。

休妻后，两人仍旧相互惦念。不知陆游对于此事如何思想，竟在村外置一间茅屋，让唐婉住在这里。两人想重叙旧情。可这种做法未免太天真，不久就被母亲识破。棒打鸳鸯，扑棱棱，劳燕纷飞。

也许众多繁杂的事情分散了陆游在感情上的精力。对陆游而言，修身、齐家、治国……有太多的事缠绕着他，可以让他暂时迷醉，在烂醉中忘记。他不像唐婉，对于唐婉而言，爱情就是她的整个世界，她的整个世界让爱情占去了大部分。

陆游后来续弦王氏。唐家也把唐婉又许配给了才子赵士程。各自心上起了伤疤，掩盖了昨日伤痛。

生活似乎又平静起来，滔天波浪过后，海面上静得吓人，似乎任何事情都未曾发生。看着这平静的海面，谁也不会想到之前的波浪滔天。时间的砂轮似乎将他们的愁情打磨碎了，感情的海面上也再漾不开美丽的涟漪。静静的湖面，宛若新磨的铜镜。也许，以后的生活真该平静了，陆游重拾课业，勤勉读书。唐婉过属于她的平静生活。

科举三年一次，所谓"三十老明经，七十少进士"，有些人皓首穷经，经历多少三年的苦熬，到头来，盼到的终是徒劳、失落。陆游在那年科举中高中魁首，自然是皆大欢喜。"福兮祸之所依，祸兮福之所伏"，高兴之余，陆游却不知自己的高中惹怒了当朝大权在握的秦桧。当时与陆游同科考试的就有秦桧的孙子秦埙。第二年的礼部会试，秦桧竟强硬把陆游的答卷剔除在外。陆游又经历了一次沉痛的打击。

陆游回到了家乡。忧愁苦闷自然是有，但其间也不乏山水之乐。在一个春日的晌午，陆游又走进了沈园，此去是为游赏美景，却无意间遇上了唐婉和赵士程。就发生了文章开头的故事。数年后，又有一首词广为流传。不知是唐婉见到陆游题在沈园的词后，自作一首与之相和，还是文人骚客见无词来和，私下里为唐婉杜撰一词。读来更为哀怨凄婉：

世情薄，人情恶，雨送黄昏花易落。晓风干，泪痕残，欲笺心事，独倚斜栏。难！难！难！人成各，今非昨，病魂常似秋千索。角声寒，夜阑珊，怕人寻问，咽泪装欢。瞒！瞒！瞒！

沈园中现在还有两首凄美的词镌刻在石头上，传为一段佳话。

也许唐婉的整个世界中真的只有爱情来填充，看到陆游题在沈园的词之后，不久就郁郁而终。我想此时的陆游并不知唐婉已不在人世，也不知道自己的一首词竟把唐婉化作一缕青烟。

宋朝的江山已近飘零，金宋交战，昏庸权臣卖弄权术，后来的靖康之耻是老天在大宋王朝脸上扇了一个耳光。爱国人士纷纷涌现，陆游就是其中的一位。不过陆游在当时的声音不是很大。他一生没做过太大的官，可也经常给朝廷上奏，也许诗人的感情世界就是那样丰满，而思想却是那样单纯。只有文人的一腔热血，仅凭一颗拳拳赤心去立志报国，诗人陆游想的未免太单纯了。终于，大宋皇帝厌烦了他的"唠唠叨叨"，陆游被贬官了。

已不知何时，陆游在百忙之中得知了唐婉死去的消息。不禁感慨万千，万般惆怅涌上心头。年迈的陆游在时隔十年之后，又回到了沈园。时过境迁、物是人非。空看到壁上题有两首词，字字催泪，行行断肠。几近耄耋的白发老人陆游立于壁前竟失声痛哭。

城上斜阳画角哀，沈园非复旧池台。
伤心桥下春波绿，曾是惊鸿照影来。

梦断香消四十年，沈园柳老不吹绵。
此身行作稽山土，犹吊遗踪一泫然。

也许深埋的回忆已被眼前的景象挖开了,眼泪扑簌簌流个不止,说不出的苦凝结于心,理不开的愁萦绕身周。也许在仕途真正完结的晚年,在闲云野鹤、理桑弄麻的隐居生活中才会静静地回忆那时隔近半个世纪的爱情。半个世纪——为国家干了什么?陆游不禁又惆怅起来,半个世纪——我竟忘记了这段记忆!老翁长吁一口气。看着天边的晚霞,淡淡地,淡淡地,晕开了。自己又到了沈园,又见到了唐婉,依旧楚楚,轻衣曳曳……

忽然天塌地陷,沈园一片狼藉,唐婉也不见了。看到墙上大宋的版图已经残损不堪。陆游竟大声喊出来:"大宋——大宋——婉儿——婉儿——"这时候儿子陆子虞走到爹的榻前问:"爹,怎么了?"其实长子陆子虞也许已经知道爹在喊唐婉。"爹,药煎好了,您喝一口吧!"

陆游白鬓上沾了几颗汗珠,微微睁开双眼,"儿啊。叫你们弟兄几个过来,我有话要说……"长子陆子虞,次子陆子龙,三子陆子修,四子陆子坦,五子陆子约,六子陆子布,七子是陆子聿依次立在榻前。

依稀床榻上陆游微微颤抖的声音:

死去元知万事空,
但悲不见九州同。
王师北定中原日,
家祭无忘告乃翁。

念完就再也听不到那微弱的声音了。上前喊他,再也喊不醒了。

儿子们为陆游打理后事的时候,在床铺底下掖这一个纸团,上写着三首诗:

路近城南已怕行，沈家园里更伤情。

香穿客袖梅花在，绿蘸寺桥春水生。

城南小陌又逢春，只见梅花不见人。

玉骨久成泉下土，墨痕犹锁壁间尘。

沈家园里花如锦，半是当年识放翁。

也信美人终作土，不堪幽梦太匆匆。

刘姥姥

三进荣国府，刘姥姥演艺尽了她最乡土的人生哲学，"积古的老人"（贾母语）——刘姥姥，以这种朴素的智慧顺利进了荣国府，打了秋风，游了大观园，救了巧姐儿。这位丑角一登台，整个红楼氛围顿时就"换了人间"，越发轻松起来。"刘姥姥进大观园——傻眼了"脱离了文本，进入了大众化语言中。刘姥姥正是以她的这种乡村式的轻松、幽默、朴素的智慧，在大观园里如鱼得水，畅游无阻。

曹雪芹为了顺利铺展开一幅宏大的红楼画卷,同时厘清贾府人物关系,在第一回便写了"冷子兴演说荣国府";为介绍王熙凤,就有了第三回的黛玉进贾府;为给凤姐立传,再次侧面描写王熙凤,就有了第六回的"刘姥姥一进荣国府"。

雪芹写人物关系,用了黛玉和刘姥姥这两双陌生的眼睛。两双眼睛的新奇之旅,也就是使读者换了副有色眼镜,眼前一亮,逐渐爽朗起来。若是再加一次描写,就显得粗俗而板结了。刘姥姥一出场可谓夏季飘来一股清新的风。诚如曹雪芹所说"按荣府中一宅人合算起来,人口虽不多,从上至下也有三四百丁;事虽不多,一天也有一二十件,竟如乱麻一般,并无个头绪可作纲领。正寻思从那一件事自那一个人写起方妙,恰好忽从千里之外,芥荳之微,小小一个人家,因与荣府略有些瓜葛,这日正往荣府中来,因此便就此一家说来,倒还是头绪"。

以刘姥姥的眼睛再进一步细看大观园,产生陌生化的效果,假若再让黛玉看一遍大观园,或是其他大观园里的人物去看自家的结构状态,就落入俗套了。而用一双陌生的老眼去看这些琳琅满目,一定不会出现这种造作之文。也正是这样一种陌生化的视觉感受,看什么都感到新奇,什么都值得一写。

红楼人物之复杂,以刘姥姥贯之,连缀成文,牵一发而动全身。撇开文本结构不谈,让我们进入刘姥姥的内心,单就刘姥姥本身而言,她的目的十分清楚——去打秋风。关于"打秋风"这个词,意思是指假借名义、利用关系向人索取财物赠与。本来"打秋风"写作"打抽丰",红楼文本中也是用"打抽丰"的。追本溯源,有人说这个词来源于粤语。明人陆啸云《世事通考》中"打秋风"实为"打抽丰",意为"因人丰富而抽索之"。《儒林外史》中有"荐亡斋和尚吃官司,打秋风乡绅遭横事"一回中有范进和张静斋之间就是典型打秋风的例子。

原是碍于面子,扭捏不前,经过王狗儿一番言语劝说,刘姥姥便舍下一张老脸,去贾府找周瑞家的,携了板儿一路坎坷去了贾府。死要面子活受罪,抹下脸来去讨要银钱。费尽周折终于寻到了周瑞家的。因为先前周瑞和王狗儿的父亲在一起"交过一桩事",关系"极好"。找到周瑞家的之前,刘姥姥见了守门的差役,刘姥姥是喊他们"太爷"的,这里就看出刘姥姥身份之卑微,喊低级奴仆"太爷",若是碰到贾府中的高等人物,不知会喊出什么来呢。

再者,关于刘姥姥这个称呼比较有趣。一开始出现"姥姥"这个词(正文中)是王狗儿喊刘姥姥"姥姥",后来才知道,在南方一带,女婿是管岳母叫"姥姥",这一点很有趣。我有个同学现在还在做关于"姥姥"一词的源流考据。再者,我认为在大观园里,喊她"姥姥"的都是同等辈分的,宝玉、黛玉、凤姐还有丫环一干人等都是喊她"姥姥"的,刘姥姥真正是谁的姥姥呢,是板儿的真姥姥。

周瑞家的引刘姥姥入倒厅,进院子,来到正房。下面就调动起刘姥姥的身体、感官。甲戌本脂评本对这一回文字的批注清楚明了:

才入堂屋,只闻一阵香扑了脸来,[朱夹]是刘姥姥鼻中气味。竟不辨是何气味,身子如在云端里一般。[朱夹]是刘姥姥身子。满屋中之物都是耀眼争光的,使人头悬目眩。[朱夹]是刘姥姥头目。刘姥姥此时唯点头咂嘴念佛而已。[朱夹]六字尽矣,如何想来?

整个让刘姥姥一时不知道该如何是好,"点头咂嘴念佛",只得如此

吧。还差点错认了平儿为姑奶奶，为堂屋里的落地钟惊奇一番，来至堂屋，下面就是刘姥姥"正眼"看凤姐了。甲戌本第六回有回前墨云：

此回借刘妪，却是写阿凤正传，并非泛文。

前文已通过黛玉的眼睛和耳朵感受了凤姐的风采，未见其人先闻其声以及外表打扮。这一回文拉开了视觉的距离，用陌生的眼光重新打量凤姐。

刘姥姥这位古稀农村老太因为家里无米炊，又临寒冬，只得在桃李年华的凤姐面前低头哈腰，"拜了又拜"。刘姥姥的朴实善良与凤姐的泼辣威严形成鲜明对比，这样的反差的确是一石二鸟，一来是以刘姥姥映衬凤姐，衬其威；二来以凤姐托刘姥姥，托其朴。正如脂砚斋所批："一声也而两歌，一手也而二牍。"的确是两面正反之文，"神乎技也"。这便交错了情节，交错了环境、时间，且安排得十分合理，加深了人物的形象描绘。

看刘姥姥是如何说出自己这回来贾府的目的的，一开始"扭扭捏捏"，说些"来瞧瞧姑太太、姑奶奶"之类的客套话，周瑞家的早已知晓刘姥姥来的目的，就旁敲侧击，让刘姥姥赶紧说出来。若不是贾蓉过来跟凤姐回话，我想刘姥姥最后是不"心神方定"的，贾蓉的客串出演，让刘姥姥得以喘息，鼓足勇气，终于坦白"今日我带了你侄儿来，也不为别的，只因他老子娘在家里，连吃的都没有。如今天又冷了，越想越没个派头儿，只得带了你侄儿奔了你老来"，我想刘姥姥是怕羞，才推板儿后说出下面这些话的，"你那爹在家怎么教你来？打发咱们作啥事来？只顾吃果子咧！"我想此时的刘姥姥一定是低下头说的这句话，开口问人要东西总是难以启齿的。

再者，这一段的对话中，凸显出刘姥姥的话语特点跟凤姐是很相似的。都操持着大众化的幽默言语，我想这一点是能够打动凤姐的。整个第六回，这一段文字中刘姥姥说的俗语，跟王狗儿理论的时候，她说"谋事在人，成事在天"、"拉硬屎"、"侯门深似海"，一见了周瑞家的，就说"贵人多忘事"；在凤姐面前，她说"瘦死的骆驼比马大"、"拔一根汗毛比腰粗"。话粗理不粗，说的都是实理。这一点跟不能识文断字的凤姐确有些相似，这也是二进荣国府的时候投了贾母的缘的原因之一。

这一趟，刘姥姥总算没白来，得了二十两银子，"千恩万谢"地跟周瑞家的道别，从后门自己走了。"二十两银子"在读者心里可能没清晰的概念，在二进荣国府的时候，就会明白"二十两银子"的分量了，这"二十两银子"够刘姥姥过活一年的。刘姥姥回家之后肯定是"红旗招展，人山人海"。殊不知，"得意浓时易接济，受恩深处生亲朋"，在刘姥姥二进荣国府的时候，笑声叠浪起，见了贾母，在大观园中游历一番，闹出了很多笑话。第二次并不是为"打抽丰"来的，却"打抽丰"而去，刘姥姥竟比第一次更得了意。这次，大观园里的笑声达到了顶峰，后来竟再也没见到大观园中的女儿们个个都这样毫无顾忌地开怀大笑了。

二

刘姥姥又来了，此处用一个"又"字，人很容易"反感"刘姥姥"又"来。文中以平儿的眼睛"忽见上回来打抽丰的刘姥姥和板儿来了"，平儿见到刘姥姥之后冒出的第一个词就是"打抽丰"。这次来并没有像第一次那样直接以刘姥姥本身的行动为主线描写，当平儿见到刘姥姥的时候，她已经在和张材家的和周瑞家的聊天了。这样就掩去了一大节，直接过渡至刘姥姥进入大观园。

打秋风本不是什么光彩的事情，我想，刘姥姥不会不知道二进荣国

府的心理压力，这次来必定会招来反感，刘姥姥早就想到这一点了。但刘姥姥终究还是来了，且带了枣子、倭瓜并野菜，乡村老太的心里装着"知恩图报"，也顾不及脸面，别人的说道，只是去做完自己心里放不下的事情罢了。刘姥姥此次的确是打算捧着一颗心来，不带半根草去的。就连她自己都不会想到，这次竟打通了门路，痛痛快快地玩了一遭，开了眼界，收获颇多。

见了平儿，刘姥姥上前问好，且问家里好。周瑞家的和平儿谈论到螃蟹，刘姥姥给算了一笔账，五分一斤的螃蟹，两三大篓，七八十斤，再加上酒菜，得二十多两银子。刘姥姥说这二十几两银子够他们庄户人过一年。这就为上一次的"二十两银子"作了解释。

刘姥姥早就见过了王熙凤，在这里等候。刚说过，这次刘姥姥是扛着心里负担来的，虽然表面上没有变现出来。却得到了王熙凤的认可："大远的，难为他扛了那些沉东西来。"此时的刘姥姥肯定松了一口气。投了凤姐的缘，不想这又让贾母听到，加之，贾母喜欢跟积古的老人说话，这又投了贾母的缘。这就为刘姥姥畅游大观园增加了筹码。

随着周瑞家的去了贾母那边，贾母和刘姥姥就同时出现在一个镜头中，这又是一个对比反差。前文中说到刘姥姥和凤姐的性格信念上的两个极端，现在是刘姥姥和贾母两个人的地位的反差。贾母歪在榻上，有丫鬟在一旁捶腿。而刘姥姥则是"忙上来赔着笑"，"福了几福"，然后请安纳福。这就可以看出两个老太太的身份地位的悬殊了，可谓天壤之别。

在刘姥姥与贾母的谈话中，明确写出了刘姥姥的年龄——七十五岁。也许是两个人说话投缘，贾母让刘姥姥在大观园里住上个一两天，留下姥姥参观一下自家的园子。闲聊中，刘姥姥准确地把握住了贾母的兴趣点，把些乡村之事讲与贾母，两位老者想必相谈甚欢。

刘姥姥的资本是什么？经年的积累，遍览人世沧桑，加之乡村朴素，既柔润圆滑,又心机莫测。这才正是刘姥姥的可爱且世故之处,也是刘姥姥能在大观园里如鱼得水之故。最重要的是刘姥姥把他们的兴趣点抓住了,讲他们想听的话,做他们想看的动作,还不时"编出些话来"。反正自己的目的已经达到了。刘姥姥讲故事的能力超强,贾宝玉都为之动容,竟派了茗烟去寻找刘姥姥所说的故事里的地方。

一进荣国府,刘姥姥完完整整占了整个第六回。而二进荣国府,从第三十九回一直到四十二回横亘了四回的文墨,曹雪芹是惜墨如金,但在刘姥姥身上所用的文墨却是如此多。用这样多笔墨的原因在旧抄本一进荣国府的时候,在回前墨中早有所透露:

伏二进、三进及巧姐之归着。

刘姥姥的作用就不可小觑了,刘姥姥在《红楼梦》中就宛若明清青花瓷上的"一龙三隐"(瓷器上所画的龙身子大都隐在云雾中,后人管这叫"一龙三隐"),也诚如脂砚斋所言,所谓"草灰蛇线,伏脉千里"的用笔。刘姥姥一而再、再而三地进荣国府。每次心态都不一样,每次的肩负的任务也不一样,每次她的出现都会让人眼前一亮,"刘姥姥又来了,精神头一下子就提起来了",一个喜欢红楼的兄弟曾这样跟我讲。假若红楼里只写贾府的鲜花着锦、烈火烹油,未免会引起读者的审美疲劳。这样刘姥姥的间隔出场,就会让读者轻松许多。这是刘姥姥的作用之一。

三

待到史太君两宴大观园,刘姥姥算是赚足了风头,满头插花,苍苔跌滑,赏霞影纱,一路行来,刘姥姥以她满身的乡土气息嬉笑着勾勒大观园

里的欢欣。

要开饭了,依次落了座。没承想刘姥姥的一句话让在座的人都笑喷了,所有人开怀大笑,蓬勃地笑,毫无顾忌地笑。在第四十二回,王熙凤也跟刘姥姥坦言"从来没像昨儿高兴",真真前所未有。有人评这段笑,说这"笑"前无古人后无来者。的确如此!

> 贾母这边说声"请",刘姥姥便站起身来,高声说道:"老刘,老刘,食量大似牛,吃一个老母猪不抬头。"自己却鼓着腮不语。众人先是发怔,后来一听,上上下下都哈哈地大笑起来。史湘云撑不住,一口饭都喷了出来;林黛玉笑岔了气,伏着桌子叫"哎哟";宝玉早滚到贾母怀里,贾母笑得搂着宝玉叫"心肝";王夫人笑得用手指着凤姐儿,只说不出话来;薛姨妈也撑不住,口里的茶喷了探春一裙子;探春手里的饭碗都合在迎春身上;惜春离了座位,拉着她奶母叫"揉一揉肠子"。地下的无一个不弯腰屈背,也有躲出去蹲着笑去的,也有忍着笑上来替她姊妹换衣裳的,独有凤姐、鸳鸯二人撑着,还只管让刘姥姥。

这不足三百字的文字中却写了八个人鲜活的笑,可谓写"笑"之千古未有之文,并且每个人的性格特点皆鲜活如生,惟妙惟肖,宛在眼前。就像赵本山的小品,源自农村,乡野气息很重,加之"鼓腮不语"的表演,就会笑喷全场。这次开怀大笑之后,就再没有这样的爽朗清凉的笑声了。这又似乎是一个冰冷的预兆,宛若晴天霹雳,震得人耳朵嗡嗡响。

吃罢酒席,"金鸳鸯三宣牙牌令",刘姥姥一句句妙语连珠,"大火烧了毛毛虫"、"一个萝卜一头蒜"、"花儿落了接个大倭瓜",一句句,一声声,笑声一浪高过一浪。

笑也笑了,饭也吃了,酒也喝了。刘姥姥也醉了,酡红了老脸,一路跟跟跄跄,歪斜到了贾宝玉的房中。等到袭人走进宝玉的卧室,听得"齁齁(hōu)如雷",闻见"酒屁臭气",看到刘姥姥"扎手舞脚"躺在床上。这下可吓坏了袭人,幸好众丫环和宝玉都不在房中,袭人这才为刘姥姥遮掩过这一节。赶着情节往下走,因为凤姐的女儿——大姐儿经常生病,凤姐就请刘姥姥给起个名字,借刘姥姥的寿,借其贫穷压住她。恰巧大姐儿生在七月初七,刘姥姥就给拈了一个名字——巧姐儿。正如刘姥姥给这个名字作的注释"日后大了,各人成家立业,或一时有不遂心的事,必然是遇难成祥,逢凶化吉,却从这'巧'字上来",这就为后文中刘姥姥三进荣国府,之后解救巧姐儿埋下了伏线。

走笔至此,曹雪芹派给刘姥姥的任务也就基本完成了。刘姥姥携了宝玉给的成窑钟子、贾母给的几件衣服、面果子、药、两个荷包等一干东西回家了。此回刘姥姥并没抱着打秋丰的念头来,却是打着秋风走的。

刘姥姥的三进荣国府,情节一环扣一环,丝丝相连,此回有伏,下回必有应。纵观三进,第一回刘姥姥无奈,为了度过那季隆冬,只得硬着头皮去荣国府;第二回,刘姥姥完全是抱着报恩的心去的,却换来了比第一次更丰厚的回报;第三回是在贾府败落的时候,刘姥姥出于本心的善,去救下了巧姐儿。正是这千回百转,读来才备感沧桑且落泪。三回文墨,刘姥姥内心的侠骨柔肠便跃然纸上。

可惜的是,我们现在没眼福读刘姥姥三进荣国府的文字了,无尽的想象填补了这遗失的文字空白。一进荣国府,步履艰辛;二进荣国府,开怀畅笑;三进荣国府,世态炎凉。刘姥姥的这三进,正如王国维的人生三境界:立志求索,执着追求,泰然畅达。这正是刘姥姥积年朴素智慧的喷薄展示。

刘姥姥来了,带来了一片素心;刘姥姥走了,带走了大观园里的一大串欢笑。刘姥姥就像是雪芹在红楼万里长卷上恰到好处地落了个斗大

的墨点,顿时,整幅画就鲜活起来。假使红楼里没了刘姥姥,就像美味的饭菜里忘了搁某种调料,也就再没啥滋味了。

登楼赋愁

"独上高楼,望断天涯路",是何等的感伤?

"日暮乡关何处是,烟波江上使人愁",是何等的惆怅?

"问君能有几多愁,恰似一江春水向东流",是何等的凄凉?

············

诸多的愁绪在高楼上飘荡,书童我不禁要问:为何古人一登楼便愁?

这还得从中国古代的科举制度说起。中国古代科举从隋朝开始兴起,往后便一发而不可收,唐宋元明清。自从汉武帝罢黜百家独尊儒术起,中国在政治上便渗透着儒家的思想,儒术至上,而儒家的经典人生道路自古就被描绘成"修身齐家治国平天下"、"学而优则仕"。于是乎,可累了这帮学子,他们整日里拼命地研读四书五经,整日摇头晃脑,为的就是"春风得意马蹄疾,一夜观尽长安花",而并不是所有的士子都能如愿以偿。

我曾调查过，所有登楼发愁的古人大都是在中年之后，老年之前这个区间内的。这是什么原因呢？

　　我想：此时的人已过半百，大都到了而立、不惑、知天命的年份。人每到一个人生的层次，都会暗暗地问问自己：我立了吗？我不惑了吗？我知天命了吗？可见中国的儒家思想对中国的影响有多么的深。而此时的人们大都经过了大大小小的几次考试，从开始时的宏伟志向，到现在的屡试不第，当然也有如愿以偿者，毕竟极为少数（第一只有一个）。仕途失意者此时便开始感叹：我这匹千里马什么时候才能才能遇到伯乐呢？原先那股劲头便消减大半，较坚韧者就再考，考到华发满鬓，步履蹒跚，到最后叹息一声："可真应了'三十少明经，五十少进士'。"总是兴高采烈而去，到头来扫兴而归。倘有"漏网之鱼"，抑或真有才学者，一朝登甲科，满族添光彩，便大红大紫去做官。清廉者饱受贪者弹劾、满朝廷谴责，或发往边疆保家卫国，或发往偏远地方清苦终生；贪婪者，受贿受赂，满目金银，大权在手，骄奢淫逸，弄得朝非朝，臣非臣，山雨欲来风满楼，政局飘摇不定。好了，考场失意者、一考再考者、壮志未酬者、官场失意者……一下子都从官场上退出政治舞台，抑或沿旧路回老家种地抱孩子，抑或独身前往荒僻的边疆（比种地抱孩子者积愁更深），抑或面临国将不国，独自站在窗前徘徊……

　　这下好了，考场失意者不再忙着背诵四书五经，壮志未酬者不再向开始时举起右手宣誓，官场失意者不再操心国家政事。他们都告别了繁华世俗，此刻心正静、神正清，正悠闲呢。有工夫思考一下自身的价值，往日的经历……

　　在回老家的路上、在发往边疆的途中、在独自徘徊的小路上……眼前出现了一座高楼，赶路者在此歇、徘徊者独登高楼，这里得引用一段史铁生《我与地坛》中的话"它（指楼）为这些生不逢时的人们把一切都准备好了：远处是晚霞的余晖，楼上凉风阵阵，秋日的满目萧条，大雁

南飞……"这些人,在这个孤独的夜晚,独上高楼,所有的一切都映入眼帘,凉风一吹,在心中积攒的厚厚的愁绪一下子都飘乱了。过去的尔虞我诈、你争我夺早已灰飞烟灭,而今孤身一人对酒当歌独立高楼之上,心中的波澜便壮阔起来。古人表达感情的通用方式是吟诗写诗。斟一盅烈酒,借着呼呼的秋风高声朗诵,所以才有了那么多质量好的诗(愁积了多久,积了多厚,这首诗便酝酿了多久,其质量可想而知)。古代社会是何等的腐败,有多少贤人志士被迫远离朝廷,才能得不到施展,只有在那高楼之上留下一首诗,在历史的画卷上抹上浓重的一笔。

在楼上,看到天的广、地的阔,在此还得引用史铁生的话"在满楼弥漫的沉静的光芒中,一个人更容易看到时间,并看到自己的身影"。你想在天地对比下的人的影子会有多大呢? 正因为那些人认识到自己的渺小,而且时间又不待人,年过半百,一生徒劳,心中的那份愁是何等的深厚。(上文已经说过,"修身齐家治国平天下"是古人的身价之体现,自认为自己参悟修身之道,却屡屡失意,得不到上级的认可,这可怎么齐家治国平天下?)到头来,自己是一无是处,能不愁吗?

所有的这些愁绪在这高楼之上被自然景色吹的漫天飞舞,那屡屡愁丝缠绕在高楼周围,久久不能散去……

说到此,那您说为什么古人一登楼就愁呢?

关于诗

　　这段时间，翻的最多的一本书就是胡绍棠老师的《楝亭集笺注》，古人常说："母以子贵。"曹寅却"以孙贵"，自1921年后，胡适、顾颉刚二人以"实证主义"考证红楼内外边边角角，雪芹祖父曹寅的《楝亭诗钞》等著作才从故纸堆中一一翻检而出。目前，相比其他人的资料，因曹寅资料甚富，故曹学研究稍向寅倾。其他，诸如曹颙、曹頫等人，因资料匮乏，研究无法深入，巧妇难为无米炊。

　　近日整理万松浦录音，提到"诗"、"禅"、"诗意"等关键词，张炜老师"看不到中国白话诗的前途"，又见朱彝尊于《楝亭先生吟稿》序言中提及"今之诗家"时，痛斥其"空疏浅薄"，究其原因，竹垞翁归结于严仪卿《沧浪诗话》中的诗学主张——"诗有别才非关学"，严认为时下诗人之所以空浅皆由该句启之。"天下岂有舍学言诗之理！"可见在朱竹垞先生那里，写诗不能弃学，下文中借颂荔轩诗作申发自己的诗学主张，他认为写诗应"无一字无熔铸，无一语不矜奇"、"抉破藩篱，直窥古人奥奥。"张炜老师说："诗，像一扇门的开关一样，它是一个瞬间，

而不是一个过程。在瞬间的生命里面的灵光一闪，我觉得这是诗，一个点，一个瞬间，是诗。"又说："知识不能够弥补，他心里面没有诗，不懂诗，无论怎么跟他讲这不是诗，他也不会听明白。"诗意可以存在于一片白纸上（孩童的心里一样能感受到诗意），也可以悬挂于一片芜杂的松林里（历经世事的人同样能感受到诗的存在）。

中国的白话诗走到现在，一路上的风景并不尽如人意。白话诗究竟因何而起我没有深入考察，胡适那首"两只黄蝴蝶"仍在文学史的课本上，西方的诗歌译过来，或是掺进了五四激进的神经，我们弃去了中国诗的模式，剥掉了音韵的衣裳，光着屁股跑到了大街上，没了衣服的装点、限制，是自由了。像光了屁股行在大街上的那个皇帝，让人笑话，可是能上前指出皇帝没穿衣裳的孩子还没有在中国出现。中国白话诗真的迟早要进行一场革命吗？张炜老师讲："这次革命不是发动在今天，就是在明天，不是大多数人一起参与，就是个人精英率先发起。"这或许就是那个能指出光屁股的皇帝错误的孩子，至少现在还没出现。"所以这个诗啊，我预感到它的韵脚还会回来，它的相对工整的词句，形式感还要回来。"

艺术在于个人的创造，而不是合作。在张中行的一本诗话中见到一句话，可惜未能及时记下，大意是这样，文学作品具有独占性，举个例子就比较明了了。张九龄有"海上生明月，天涯共此时"句，谢庄有"隔千里兮共明月"句，两句似无不同，却不可相互替代。今晚又见到两句相仿的诗作，照录如下。王湾有"海日生残夜"句，王昌龄有"残月生海门"句，因其独占性，两句意境相仿，亦不可互替。中行先生所谓文学的"独占性"，盖张炜老师所讲"个体生命的鲜活绽放"也。所以句子尽管相仿，却不涉嫌抄袭。又想起了莫砺锋先生所讲一个故事，清朝一人写诗无意中竟与杜甫相重，实例太多，匆匆不一。

翻译是个极讲究且极神秘的活儿。"信达雅"很难逐一做到，一条达不到,作品之气全无。中国白话诗与西方作品的翻译不无关系。就像霍克斯翻译《红楼梦》,"*a story of the stone*",翻译得再好,你也觉不出红楼里的意味,更何况翻译者的国学水平并不怎么高,这就糟糕透了。外国人还以为红楼就是一个三角恋的故事,好奇中国人竟视此部小说为珍宝。中国白话诗起于翻译?或承袭自翻译语言?再脱掉音韵和形式的外衣,缠裹上了翻译的绳子,即将被发配了,或许是被发配到了西伯利亚,怕是要冻饿而死。